वैदेही के राम

(सीता-परित्याग पर आधारित)

खण्डकाव्य

वैदेही के राम

(सीता-परित्याग पर आधारित खण्डकाव्य)

डॉ० चित्रा चतुर्वेदी 'कार्त्तिका'

लोकभारती प्रकाशन

लोकभारती प्रकाशन
पहली मंजिल, दरबारी बिल्डिंग, महात्मा गांधी मार्ग
प्रयागराज-211 001

वेबसाइट : www.lokbhartiprakashan.com
ईमेल : info@lokbhartiprakashan.com

शाखाएँ : 1-बी, नेताजी सुभाष मार्ग, दरियागंज
नई दिल्ली-110 002
अशोक राजपथ, साइंस कॉलेज के सामने
पटना-800 006
1, अनमोल सोराबजी संतुक लेन, धोबी तलाव,
मरीन लाइंस, मुम्बई-400 002

प्रथम संस्करण : 2004
पहली आवृत्ति : 2024

मूल्य : ₹495

बी.के. ऑफसेट
नवीन शाहदरा, दिल्ली-110 022
द्वारा मुद्रित

VAIDEHI KE RAAM
by Dr. Chitra Chaturvedi 'Kartika'

ISBN : 978-81-19996-14-8

नेहमयी

सुकुमारि

सिया सी

स्व० स्नेहलता जीजी

(1930-1955)

की

मंजुल स्मृति

को

समर्पित

रामकथा का एक महत्वपूर्ण पक्ष

डॉ० चित्रा चतुर्वेदी ने जीवन का एक संकल्प ही लिया है कि श्रीराम और श्रीकृष्ण की गाथा को अपनी सलोनी भाषा में अनेक विधाओं में रचती रहेंगी। प्रस्तुत रचना 'वैदेही के राम' उसी की एक कड़ी है। सीता की करुण गाथा वाल्मीकि से लेकर अनेक संस्कृत कवियों (कालिदास, भवभूति) और अनेक आधुनिक भारतीय भाषाओं के कवियों ने बड़ी मार्मिकता के साथ उकेरी है। जैसा कि चित्रा जी ने अपनी भूमिका में कहा है, राम की व्यथा वाल्मीकि ने संकेत में तो दी, भवभूति ने अधिक विस्तार में दी पर आधुनिक कवियों ने उस पर विशेष ध्यान नहीं दिया, बहुत कम ने सोचा कि सीता के निर्वासन से अधिक राम का ही निर्वासन है, अपनी निजता से। सीता-निर्वासन के बाद से राम केवल राजा रह जाते हैं। राम नहीं रह जाते। यह उन्हें निरन्तर सालता है। लोग यह भी नहीं सोचते कि सीता के साथ अन्याय करना, सीता को युगों-युगों तक निष्पाप प्रमाणित करना था और अपने को कठघरे में खड़ा करना था। राम की यह कठोरता जितना सीता के प्रति है उससे कहीं अधिक अपने प्रति है। चित्रा जी ने ढोंगी समाज की दुष्प्रवृत्ति को दोनों ने दुख का कारण सिद्ध किया है और भवभूति के इस वाक्य को विशेष अर्थ दिया है कि "**यथा स्त्रीणाम् तथा वाचाम् साधुत्वे दुर्जनो जनः।**" लोग स्त्री और वाणी की साधुता के बारे में अविश्वास और दोष देखते रहते हैं। राम की व्यथा ऐसी है कि अपने परिजनों से भी साझेदारी नहीं माँगती। राम सुमंत्र से कहते हैं—

अब साहस नहीं रहा मुझसे लोकापवाद को सहने का
आघात से कठिन उबरना है, आघात बड़ा ही था गहरा
मेरी पीड़ा का मुझ तक सीमित रहना है अति आवश्यक
सुन जायेगा लोकापवाद, नहीं करें मेरी पीड़ा-प्रचार
वह पीड़ा मुझ तक रहने दे
मुझे विषपायी ही रहने दे
महाभागा न चर्चा करें मेरी
महाभाग न चर्चा करें कहीं
हे सुमंत्र है स्थिति जैसी, उसे यथावत रहने दें
हूँ स्वस्थ, राज्य की सेवा में मुझे सदा व्यस्त ही रहने दे।

चित्रा ने वाल्मीकि के वाक्यों की व्यथा को और भी मुखरित किया है और पूरे काव्य से प्रमाणित किया है कि राम केवल वैदेही के राम हैं, दूसरों के लिए वे केवल राजाराम हैं।

मैं इन शब्दों के द्वारा चित्रा के इस प्रयत्न का स्वागत करता हूँ और विश्वास करता हूँ कि इससे रामकथा का एक महत्त्वपूर्ण पक्ष हृदयंगम होगा।

काशी
दीपावली : 2003

विद्यानिवास मिश्र
सदस्य, राज्यसभा

धरातल

उत्तर प्रदेश के आगरा जिले की बाह तहसील में यमुना के किनारे हमारा छोटा सा गाँव होलीपुरा है। अन्य गाँव की भाँति वहाँ भी लोक संस्कृति की अद्‌भुत छटा यत्र-तत्र सर्वत्र बिखरी मिलती है। लेकिन एक बात ने विशेष रूप से मन को अभिभूत कर दिया। छोटे-बड़े, स्त्री-पुरुष, बाल-गोपाल सब अपने-अपने कार्यकलापों में व्यस्त रहते या खाली बैठे होते, किन्तु जैसे ही आकाश में पक्षियों का कोई झुंड उड़ता हुआ निकलता, हर व्यक्ति तुरन्त उन्हें पुकार कर कह उठता—'ए कुज्ज कुज्ज, मेरी सीता से राम राम कह दीजो'। हे कुरज! सीता से मेरी राम राम कह देना। मन चकित हो उठता है। बड़ा आश्चर्य होता है यह सोचकर कि क्या आज भी सीता कहीं सुदूर वन में वास कर रही हैं? क्या आज भी वे एकाकी हैं? क्या हर व्यक्ति उन्हें आश्वस्त करना चाहता है कि वे एकाकी नहीं, उनके दु:ख में हम सब सहभागी हैं! शताब्दियाँ ही नहीं, सहस्राब्दियाँ बीत गईं किन्तु उड़ते पंछियों द्वारा सीता को राम राम कहलाने की भावना जीवित कैसे रह गई? दूर कहीं वनों में अवध की परित्यक्ता तपस्विनी महारानी कुटिया में रह रही हैं, यह पुरातन कल्पना ही कितनी विचित्र है। लाखों लोग सहस्त्रों वर्ष पूर्व की सीता की कुशल-क्षेम प्रेम से लेते रहते हैं, यह भावना बड़ी रोमांचकारी है। उत्तर भारत के ग्रामीण अंचल में शुक-सारिका तो विशेष रूप से राम-सीता से अभिन्न रूप से जुड़े हुए हैं। जिन उड़ते हुए पक्षियों को 'कुज्ज-कुज्ज' कहकर सम्बोधित किया जाता है वे भी अधिकतर शुकदल यानी झुंड के झुंड तोते ही होते हैं।

घरों में पालतू तोते को भी सब से पहले राम राम या सीताराम बोलने का पाठ सिखाया जाता है। राम राम, सीताराम या जयसियाराम जन जन में लोकप्रिय अभिवादन का रूप बन गया। आश्चर्य होता है यह देखकर कि रामसीता लोकमानस में जीवन के हर पहलू से कैसे अभिन्न हो गए हैं! क्या यह समाज का प्रायश्चित्त है कि वह पूर्व में अपने द्वारा राम और सीता के प्रति किए गए अपराधों को इस प्रकार धोना चाहता है? राम और सीता के ऋणों से तो यह भूमि कभी मुक्त नहीं हो सकती। आम आदमी रामसिया की आदर्श जोड़ी को हृदय धारण किए हुए है। नवविवाहित युगल को रामसिया सी जोड़ी होने का आशीर्वाद दिया जाता है! लोग जानते हैं कि सामाजिक रूढ़ियों की आँधी, तूफान और बवंडरों के बाद भी रामसीता का एक-दूसरे के प्रति प्रेम अक्षुण्ण रहा। नीड़ टूट गया, तिनके बिखर गए, जनता की इच्छा का सम्मान करते-करते रामसीता विषपायी हो गए। दोनों ने वियोग, अपमान और लांछन का गरलपान किया। वस्तुत: दोनों को ही अग्निपरीक्षा देनी पड़ी। किन्तु दोनों एक-दूसरे के प्रति समर्पित रहे। जनता के प्रति भी समान रूप से अवध के महाराज और महारानी पूरी उत्कटता के साथ समर्पित रहे, यह शायद जनमानस बहुत विलम्ब से समझ पाया।

आज का आलोचक मन पूछता है कि राम ने स्वयं सिंहासन क्यों नहीं त्याग दिया बजाय सीता को त्यागने के? वे स्वयं सिंहासन पर बैठे राज भोग क्यों करते रहे? इस मत के पीछे कुछ अपरिपक्वता और कुछ श्रेष्ठ राजनीतिक परम्पराओं एवं संवैधानिक अभिसमयों का अज्ञान भी है। राजा या शासक का पद और उससे जुड़े दायित्वों को न केवल प्राचीन भारत बल्कि आधुनिक इंगलैंड व अन्य देशों में भी दैवीय और महान माना गया है। राजा के प्रजा के प्रति पवित्र दायित्व हैं जिनसे वह मुकर नहीं सकता। अयोग्य राजा को समाज के हित में हटाया जा सकता था किन्तु स्वेच्छा से राजा पद त्याग नहीं कर सकता था।

आधुनिक इंगलैंड के राजनीतिक इतिहास के एक ही उदाहरण से स्थिति स्पष्ट हो सकती है। वहाँ की संवैधानिक व्यवस्था में राजा द्वारा सिंहासन-त्याग का कोई प्रावधान नहीं रहा। यही कारण है कि जब ऐडवर्ड अष्टम ने एक तलाकशुदा महिला श्रीमती सिम्पसन से विवाह करना चाहा तो इसके विरोध में इंगलैंड की राजनीति में भारी उथल-पुथल मच गई। अंततः राजा ने राजपद त्याग का निर्णय लिया। पूर्व में न ऐसा कोई दृष्टांत था, न परम्परा थी कि किसी वैध शासक ने अपनी व्यक्तिगत इच्छा और सुख को संवैधानिक प्रावधानों और जनभावना से ऊपर रखा हो। इस समस्या के निदान हेतु पार्लियामेंट (ब्रिटिश संसद)को एक विशेष कानून, ऐक्ट आफ एब्डिकेशन 1936 पारित करना पड़ा जिस पर स्वयं ऐडवर्ड अष्टम ने राजा और सर्वोच्च अधिकारी की क्षमता में हस्ताक्षर कर उसे कानून का रूप दिया और तब उसके तहत स्वयं ने राजपद त्याग किया। तत्पश्चात् उनके छोटे भाई और वर्तमान महारानी एलिजाबेथ द्वितीय के पिता जॉर्ज षष्ठ सम्राट बने।

कोई भी पद अधिकारों के लिए नहीं, कर्त्तव्यों के लिए होता है। उसके साथ मनमाने ढंग से खिलवाड़ नहीं किया जा सकता। विशेष रूप से राजपद के साथ प्रजापालन, सुरक्षा व कानून और व्यवस्था के गम्भीर दायित्व जुड़े हुए हैं। यही बात इंगलैंड की संसद (पार्लियामेंट) के सदस्य पर भी लागू होती है। वहाँ संसद के प्रथम सदन, हाउस ऑफ कॉमन्स का सदस्य, जो निर्वाचक द्वारा पाँच वर्ष हेतु चुना जा कर भेजा जाता है, पाँच वर्ष की अवधि के मध्य स्वेच्छा से सदस्यता नहीं छोड़ सकता। यह एक ऊँचा आदर्श है कि वह निर्वाचकों की उपेक्षा कर के जन-भावना का अनादर नहीं कर सकता। निर्वाचकों ने उसे चुनकर बड़े विश्वास के साथ अपना प्रतिनिधित्व करने का दायित्व उसे सौंपा है अतः वह उनसे विश्वासघात कर अवसरवादिता और सिद्धान्तहीनता का आचरण नहीं कर सकता। किन्तु यह आदर्श बड़ा कठोर है इसलिए यथार्थवादी और व्यावहारिक अंग्रेज जाति ने परोक्ष रूप से इसे शिथिल कर अपनी व्यवहार-कुशलता का परिचय दिया है। सिद्धान्ततः तो कोई सांसद कॉमन्स सभा की सदस्यता नहीं छोड़ सकता किन्तु कभी यह आवश्यक हो जाए तो वह मुख्यद्वार से बाहर नहीं निकल सकता, एक संवैधानिक खिड़की के माध्यम से ही वह सदस्यता त्याग सकता है। यह बड़ा रोचक तथ्य है। कॉमन्स सभा की सदस्यता छोड़ने के

आकांक्षी सांसद के सामने एक ही मार्ग है, वह है कि वह चिल्ट्रन्स हन्ड्रेड नामक क्षेत्र का अपने आपको स्टुवॉर्ड नियुक्त करवा ले और तब कॉमन्स सभा के स्पीकर को आवेदन दे कि चूँकि वह लाभ के पद पर नियुक्त है और कॉमन्स सभा का सदस्य नहीं रह सकता इसलिए उसे सदन की सदस्यता से मुक्त किया जाए। चिल्ट्रन्स हन्ड्रेड की स्टुवॉर्डशिप के पायदान पर पाँव रखकर ही वह फिर कहीं और जाने को स्वतंत्र है। कभी-कभी ऐसी मनोरंजक स्थिति भी आ जाती है जब चिल्ट्रन्स हन्ड्रेड की स्टुवॉर्डशिप पाने के लिए अभ्यार्थियों की लम्बी कतार लग जाती है। कहने का तात्पर्य यह है कि पद की गुरूता और दायित्व बहुत महत्वपूर्ण हैं, जिनके साथ कोई खिलवाड़ नहीं कर सकता, उन्हें हल्के-फुल्के तौर पर नहीं ले सकता।

प्राचीन भारतीय राजदर्शन में राजा के पद को बहुत गम्भीर दायित्वों से परिपूर्ण माना गया है। राजपद पवित्र है। यह कर्त्तव्यों के लिए है। दायित्व-निर्वाह हेतु है। अधिकारों के लिए नहीं। कोई भी नरेश मनमाने ढंग से अपने दायित्वों से पलायन नहीं कर सकता था। कर्त्तव्य ही धर्म है। इसलिए राजनीति शास्त्र को राजधर्म भी कहा गया।

राजधर्म को पूरी परिपूर्णता से जीने वाले राम का परम आदर्श भारत के जनमानस में युगों से गहरा रच-बस चुका है। राम एक श्रेष्ठ पुत्र, समर्पित पति, एक उत्कृष्ट प्रेमी होने के साथ-साथ एक अद्वितीय शासक रहे हैं। वे ऐसे शासक रहे हैं जिन्होंने अपने व्यक्तिगत सुख, आकांक्षाएँ, प्रेम, अनुराग, पत्नी, सन्तान सुख, अर्थात् अपना सर्वस्व फूल की भाँति, निर्माल्य की भाँति जनता के चरणों में चढ़ा दिया और स्वयं आजीवन तपस्वी की भाँति केवल कर्त्तव्य के लिए कर्त्तव्य निर्वाह करते रहे। श्रेष्ठ प्रशासक और वीरयोद्धा तो बहुत मिलेंगे किन्तु राम सा त्यागी और जनता के प्रति समर्पित शासक विश्व संस्कृति के इतिहास में शायद कहीं नहीं मिलेगा।

आज जहाँ लोकतंत्र में ही जनता के निर्वाचित प्रतिनिधि खुले आम, डंके की चोट पर जनमत की उपेक्षा करते है और जनता का शोषण करते हैं। वहीं राम ने राजतंत्र में निर्दोष सीता को, मात्र जन-भावनाको सर्वोच्च सम्मान देने हेतु, त्याग कर एक अनूठा दृष्टांत प्रस्तुत किया है। आज तो शासक, मंत्री, सांसद, विधायक, और अधिकारी अपने भ्रष्ट से भ्रष्ट भाई-भतीजे, पुत्र और संबंधियों को छल-बल और आतंक द्वारा किस तरह कानून और दण्ड से बचाकर भ्रष्टाचार को दिनदूना-रातचौगुना विस्तार दे रहे हैं, यह किसी से छिपा नहीं हैं। हमारा दुर्भाग्य है कि यह प्रवृत्ति भारतीय राजनीतिक संस्कृति (पोलिटिकल कल्चर) की एक प्रमुख पहचान और विशिष्ट लक्षण बन गई है। भ्रष्टाचार और भाई-भतीजेवाद की ज्वालाओं से दग्ध इस राजनीतिक परिवेश में राम जैसे त्यागी शासक का स्मरण करना शीतल चन्दन के अनुलेप की भाँति सुखदायक है। आज शासक, जनप्रतिनिधि राम पर फूल-पत्ते चढ़ाकर अपने कर्तव्य की इतिश्री समझ लेते हैं। राम का अनुकरण कोई नहीं करना चाहता। पर इसमें आश्चर्य की भी कोई बात नहीं हैं क्योंकि उनकी क्षमता है ही उतनी सिकुड़ी, सिमटी-सिमटाई और

सीमित। खेद है कि स्वतंत्र भारत में नैतिक दृष्टि से बौने शासक व नेताओं की संख्या ही अधिक रही है। अतः उनसे क्या अपेक्षा की जा सकती है?

प्रस्तुत खण्ड-काव्य "वैदेही के राम" सीता-परित्याग की घटना पर आधारित है। चूँकि रामचरित मानस में इस दुःखद प्रसंग का उल्लेख नहीं है अतः खण्ड-काव्य का मूल आधार या धरातल वाल्मीकीय रामायण है। वाल्मीकीय रामायण सीता-परित्याग के प्रसंग के कारण अत्यन्त मार्मिक, आद्यांत पीड़ा से भीगा और दुःखान्त महाकाव्य है। यह घटना बड़ी ही दुःखद है। किन्तु इसी त्रासद प्रसंग के कारण राम का चरित्र अपने सर्वोत्कृष्ट बिन्दु पर पहुँचा है, यही प्रसंग राम के व्यक्तित्व को परिपूर्णता देकर उन्हें मर्यादा पुरुषोत्तम बनाता है। इसी घटना के कारण सीता घर-घर की महारानी बनीं, रामसीता की जोड़ी जनमानस में चिरायु हो गई तथा रामराज्य जन-अपेक्षाओं का सर्वोत्तम प्रतीक और सर्वोत्तम राज्य का पर्याय बन गया।

यह विचित्र संयोग है कि हमारे दोनों ही प्राचीन महाकाव्य, रामायण एवं महाभारत, दुःखान्त हैं। उनको पढ़ने के बाद एक नैराश्यपूर्ण "सब समाप्त" की दारूण अनुभूति उपजती है। दोनों महाकाव्यों ने यथार्थ जीवन की कठोरता और मानव दुःखों को इस परिपूर्णता से निरूपित किया है कि लोगों के हृदय दहल गए। शायद यही कारण है कि परवर्ती संस्कृत साहित्य में 'दुःखद अंत' की इस प्रवृत्ति को ही पूर्णतः तिलांजलि दे दी गई और विपुल सुखान्त साहित्य का सृजन हुआ। रामायण और महाभारत, इन दोनों महाकाव्यों ने मनुष्य की सारी पीड़ा, दुःखों और कष्टों को पूरी शक्ति से अपने आप में इस तरह आत्मसात् कर लिया कि जैसे फिर किसी को दुःख, पीड़ा पर लिखने को कुछ बचा ही नहीं! वे दो महाकाव्य ही समूचे कठोर-यथार्थ को अभिव्यक्त करने में पर्याप्त सिद्ध हो गए। लोगों में भी ऐसी और त्रासदियों को झेलने का साहस नहीं रह गया। रामायण और महाभारत के त्रासद स्वरूप की इतनी तीखी प्रतिक्रिया हुई कि परवर्ती संस्कृत साहित्य में निवृत्ति और वियोग को पूर्णतः उपेक्षित कर प्रवृत्ति, संयोग और शृंगार पर प्रबल आग्रह विकट रूप से उमड़ पड़ा। किन्तु साहित्य-सृजन के स्वरूप में इतना भारी परिवर्तन होते हुए भी जनमानस पर राम के आदर्श तापस स्वरूप और सीता की गरिमामय पीड़ा का प्रभाव गहरा पड़ा है।

राम ने राजा की क्षमता में राजधर्म का सर्वोत्कृष्ट रूप से निर्वाह किया और जनइच्छा का सम्मान करने हेतु अपनी पत्नी और पत्नी के माध्यम से परिवार, पुत्रसुख की आकांक्षा, अपनी इच्छाएँ, सुख, हर्ष आदि सब राजधर्म की बलिवेदी पर स्वाहा कर दिया। विषपायी होकर आजीवन वे कर्तव्य हेतु कर्तव्य-पालन करते रहे। महावियोगी बने रहे। वेदना की मूर्ति बने रहे। गोस्वामी तुलसीदास ने रामचरित मानस में तो सीता-परित्याग का उल्लेख नहीं किया किन्तु अपने एक अन्य ग्रंथ 'रामाज्ञा प्रश्नावली' में इसका उल्लेख करते हुए लिखा है—

'सती सिरोमनि सीय तजि
राखी लोकरुचि राम।'

तुलसीदास ने भी 'लोकरुचि' शब्द लिखकर राम का लोकमत के प्रति समर्पित होने पर बल दिया है। वास्तव में राम राजतंत्र में लोकरुचि अथवा जनमत की प्राणप्रतिष्ठा करने वाले अद्वितीय नरेश रहे हैं।

आज लोकतंत्र में भी लोकरुचि और जनमत तो क्या, देश की प्रतिष्ठा और सुरक्षा भी व्यक्तिगत और पारिवारिक स्वार्थ हेतु दाँव पर लगा दी जाती है। पारिवारिक सुख हेतु, पुत्री के लिए उन दुर्दान्त ख़ूँख़ार आतंकवादियों को रिहा कर दिया जाता है जिन्हें पकड़ने के लिए न जाने कितने जवानों की बलि चढ़ती है।

यह अच्छा ही हुआ कि गोस्वामी तुलसीदास ने मानस में सीता-परित्याग का उल्लेख नहीं किया। उन्होंने उत्तरकांड में लंका विजय के पश्चात् अयोध्या में राम के राज्याभिषेक के साथ ही मानस को समाप्त कर उसे सुखान्त बना दिया है अन्यथा मानस भी दुःख-बोझिल हो जाता और रामायण की भाँति मानस का पाठ कर पाना भी बड़ा कठिन और कष्टप्रद हो जाता।

यहाँ एक और तथ्य स्पष्ट कर देना उचित होगा। यह धारणा प्रचलित है कि एक धोबी ने सीता के चरित्र पर आक्षेप किया था और यह जानकारी पाकर राम ने सीता को त्यागा था। परन्तु रामायण में धोबी का उल्लेख नहीं है। रामायण में 'लोकापवाद' शब्द का बार-बार उल्लेख आया है कि सीता एवं राम के आचरण पर अयोध्या में भारी लोकापवाद फैल रहा था। इसमें धोबी की कोई भूमिका उल्लिखित नहीं है। परवर्ती संस्कृत साहित्य के साथ नाटकों का युग आया। सीता-परित्याग संबंधित नाटकों के मंचन के समय यह समस्या उठी कि मंच पर लोक अथवा जन को कैसे प्रस्तुत किया जाए! और निदान स्वरूप तब आम जनता में से एक व्यक्ति, यानी धोबी को लोकभावना का प्रतिनिधि बनाकर, मंच पर उसके मुख से सीता के चरित्र पर आक्षेप करवाया गया। महाकाव्य आम जनता नहीं पढ़ती, पर नाटक देखने जन-जन उमड़ता रहा है। इसलिए जो नाटक में कहा या दिखाया गया उसका गहरा प्रभाव जनमानस पर पड़ा और वह शताब्दियों से चलता चला आया। जैसे आज पुस्तकें पढ़ने में रुचि नहीं रह गई लोगों की और टी० वी० सीरियल बड़े चाव से देखे जाते हैं, जिनका प्रभाव जन-मन पर स्वयंसिद्ध है।

राम सीता के प्रति समर्पित थे। उन्हें सीता की पावनता में रंचमात्र संदेह न था। किन्तु वे राजा थे। समाज के नायक होने के नाते मान-मर्यादा, लोकाचार और रूढ़ियों की वे उपेक्षा नहीं कर सकते थे। सीता के प्रति उनका प्रेम और लोक-भावना का सम्मान परस्पर विरोधी प्रवृत्तियाँ थीं। इनमें सामंजस्य बनाना सम्भव न था। अवध के युवा नरेश राम को ऐसी स्थिति में भारी तनाव, दबाव अन्तर्द्वन्द्व और पीड़ा को झेलना पड़ा। युवा और एक तरह से अनुभवहीन होते हुए भी राम दूरदर्शिता का परिचय देते हैं। वे जनमानस के प्रखर मर्मज्ञ हैं। समाज की मानसिकता में उनकी गहरी पैठ थी। यही कारण है कि वे लंका में ही समझ लेते हैं कि रावण के अन्तःपुर में बन्दिनी रही

सीता को अयोध्या का समाज सहज रूप से स्वीकार नहीं करेगा। राम यह कदापि नहीं सह सकते थे कि सीता की पावनता पर कोई प्रश्न करे। वे नहीं चाहते थे कि सीता पर कोई उँगली भी उठाए, कोई उन्हें सन्देह की दृष्टि से देखे।

यही कारण है कि लंका में ही राम इस संदर्भ में बड़े ही सावधान और सतर्क हैं, ब्लिक उन्हें 'ओवर कॉशस' या अत्यधिक सावधान भी कहा जा सकता है। वे सीता के बिना अपने जीवन की कल्पना भी नहीं कर सकते हैं। रावण द्वारा सीता के अपहरण हो जाने पर राम की विकलता और छटपटाहट ध्यान देने योग्य है। इन सब कारणों से राम रावण-वध के बाद और अयोध्या के लिए प्रस्थान करने से पूर्व वह सब कुछ सम्पन्न कर लेना श्रेयस्कर समझते हैं जिसमें सीता सुरक्षित, संरक्षित और निरपवाद रह सकें। राम पूरे मनप्राण से, पूरी शक्ति से प्रयास करते हैं कि सीता की छवि पूर्ववत् निष्कलुष, उज्ज्वल एवं निर्मल बनी रहे। वे सीता को आक्षेपों, आरोपों और लांछनों से मुक्त करने की चौकसी बरतते हैं ताकि अयोध्या के समाज के सम्मुख वे अपनी साध्वी पत्नी को पूरी गरिमा, भव्यता और शान से, निर्भय होकर प्रस्तुत कर सकें। इसलिए राक्षसों, वानरों, ऋक्षों व मनुष्यों के विराट जनसमूह के सामने लंका में सीता की अग्निपरीक्षा का आयोजन होता है।

रामायण के युद्ध काण्ड 118 सर्ग में, 13-20 तक राम का मंथन वर्णित हैं।

अवश्यं चापि लोकेषु सीता पावनमर्हति
दीर्घकालोषिता हीयं रावाणान्तःपुरे शुभा॥ 13॥

लोगों को विश्वास दिलाने के लिए अग्निपरीक्षा आवश्यक थी, क्योंकि सीता को रावण के अंतःपुर में रहना पड़ा था।

बालिशो बत कामात्मा रामो दशरथात्मजः।
इति वक्ष्यति माँ लोको जानकीमविशोध्य हि॥ 14॥

यदि अग्निपरीक्षा न होती तो लोग दशरथसुत को कामी और मूर्ख कहते।

राम को सीता की निष्ठा में पूर्ण विश्वास है (15)। सीता अपने तेज से सुरक्षित रहीं और उनके तेज के ही कारण रावण अपनी सीमा का उल्लंघन नहीं कर सका जैसे समुद्र अपनी तटभूमि की मर्यादा उल्लंघन नहीं कर पाता (16)।

प्रत्ययार्थं तु लोकानां त्रयाणां सत्यसंश्रयः।
उपेक्षे चापि वैदेही प्रविशन्तीं हुताशनम्॥ 17॥

तथापि तीनों लोकों के प्राणियों को विश्वास दिलाने के लिए उनहोंने सीता को अग्निप्रवेश से नहीं रोका। अग्निप्रवेश का निर्णय सीता का था, उन्होंने लक्ष्मण को चिता तैयार करने की आज्ञा दी थी (116-18-19)।

सीता द्वारा अग्निप्रवेश के समय राम के नेत्र अश्रूपूरित, "वाष्प व्याकुल लोचनः" थे। राम ने बड़े कठोर निर्णय लिए। हृदय पर पाषाण रखकर लिए। मन टूट कर बिखरा जाता था किन्तु लोक नियमों का पालन किया। दुःख इसी बात का है कि राम

की पीड़ा कोई समझा नहीं। वास्तव में अग्निपरीक्षा तो राम की थी। उन्होंने एक बार नहीं, दो बार अग्निपरीक्षाएँ दीं। दूसरी तब दी जब उनको सीता-परित्याग का कठोर निर्णय लेना पड़ा।

अग्निपरीक्षा से सीता को सकुशल देख जितना हर्ष राम को हुआ होगा उतना शायद और किसी को नहीं। उनके मन से भार हट गया। चिन्ता हट गई। वे निश्चिन्त हो जाते हैं। आत्मबल से भर उठते हैं कि अब सीता से कोई कुछ न कह सकेगा। ऐसे प्रबल आत्मबल से भरकर वे सीता को लेकर आनन्दपूर्वक अयोध्या पहुँचते हैं, जहाँ उनका राज्याभिषेक होता है।

किन्तु दुर्भाग्यवश राम की सारी सावधानी, सारे उपायों पर पानी फिर जात है। कठोर अग्निपरीक्षा के बाद भी अयोध्याा की जनता सीता को सन्देह से देखती है, राम पर आक्षेप लगाती है, रघुकुल की श्रेष्ठता पर प्रश्न करती है। रावण के अन्तःपुर में रह चुकी सीता को अयोध्या की महारानी बना देना जनता के गले नहीं उतरता। 'यादृशो राजा, तादृशो प्रजा'। जब शासक स्वयं ऐसा है तो जनता भला क्यों नैतिक नियमों का पालन करेगी?

राम का सारा आत्मविश्वास इस प्रबल आघात से ढह जाता है। अयोध्या के इस युवा नरेश के लिए यह समय भारी अन्तर्द्वन्द्व, दारूण क्लेश और भयावह पीड़ा का है। उनके सामने एक ओर निष्पाप, भोली सीता है जिसके वे हृदय से अनुरागी हैं, दूसरी ओर विषवमन करती प्रजा है। रघुकुल की कीर्ति और प्रतिष्ठा दांव पर लगी हुई है। उन्हें और सीता को लेकर राज्य में जनापवाद फैल रहे हैं, यह सूचना उन्हें अपने मित्र भद्र इत्यादि से मिलती हैं। वे सहसा इस पर विश्वास नहीं कर पाते। उनको अपनी प्रिय प्रजा पर अटूट विश्वास था। और होता भी क्यों नहीं! जब वे चौदह वर्ष के वनवास हेतु चले थे तब प्रजा व्याकुल होकर उनके पीछे-पीछे कितनी दूर तक रोती-बिलखती गई थी और बड़ी कठिनाई से उनके समझाने पर लौटी थी। इस लांछन के निदान हेतु वे तत्काल अपने भाइयों को बुलवाते हैं। तीनों अनुजों ने राम को देखा तो उन्हें कैसा पाया—

ते तु दृष्ट्वा मुखं तस्य सग्रहं शशिनं यथा॥
सन्ध्यागतमिवादितयं प्रभया परिवर्जितम।

(उत्तर काण्ड 44/15)

वे संध्या के प्रभाशून्य सूर्य, ग्रहण युक्त चन्द्रमा की भाँति प्रतीत हुए। हतशोभं—यथा पद्यं'। 'मुखेन परिशुष्यता'—सूखे मुख से वे भाइयों से कहते हैं कि लंका में ही वे सोच रहे थे कि अब सीता को राजधानी कैसे ले जा सकेंगे (45/6) तभी अग्निपरीक्षा कराई (7-8)।

तस्माद् भवन्तः पश्यन्तु पतितं शोक सागरे॥ 15॥
नहि पश्याम्यहं भूतं किञ्चित दुःखमतोऽधिकम्।

राम की अन्तर्द्वन्द्व-जनित वेदना और व्याकुलता का और क्या प्रमाण हो सकता है कि वे कहते हैं कि मैं शोकसागर में पड़ा हूँ। इतना दु:ख पहले कभी उठाना पड़ा हो ऐसा याद नहीं आता!

राम सीता-परित्याग का कठोर निर्णय लेते हैं क्योंकि जानते हैं कि राजा प्रजा के लिए है, प्रजा राजा के लिए नहीं। सीता और राम दोनों ही प्रजा हेतु भारी कष्ट उठाते हैं, पीड़ा भोगते हैं, वियोग सहते हैं पर जनता का दण्ड स्वीकार करते है।

राम की तुलना में सीता की स्थिति कहीं अधिक अच्छी थी। उनके पास लव-कुश का सुखद अवलंब था, जिनमें वे रघुनाथ जी की छवि निहार पाती थीं। वाल्मीकि का पितृतुल्य आश्रय था। ऋषि-मुनियों की पत्नियाँ मातृ-तुल्य थीं तथा मुनिबलाएँ उनकी सखियाँ थीं।

किंतु राम! एकाकी! राजधर्म के मात्र एक साधक! वे अपनी व्यथा मुख पर ला भी नहीं सकते थे। वे राजा थे। न वृद्धा माताओं से कह सकते थे, न अनुजों से। आजीवन मौन रहकर वे वेदना का हलाहल पान करते रहे। यही कारण है कि 'राम' की तो पूजा होती ही है, 'राजाराम' की भी पूजा की जाती है। राम का 'राजा' रूप भी पूजनीय है। '' रघुपति राघव रामाराम!'' ऐसा राजा समूचे विश्व में ढूँढ़े भी नहीं मिल सकता।

अवधपति महाराज राम को राजमहल में ही वीतराग बनाकर, महारानी सीता को वन भेजकर, युवराज और राजकुमार को मुनिकुमार का बाना पहना कर अयोध्या की प्रजा चैन की बंसी बजाती है! कैसी विडम्बना है! लक्ष्मण को यह विडम्बना कचोटती है।

प्रस्तुत खंडकाव्य 'वैदेही के राम' में राम एवं सीता के अतिरिक्त जो अन्य पात्र प्रमुखता से उभरे हैं, वे हैं लक्ष्मण और आदिकवि वाल्मीकि। लक्ष्मण पर राम का अटूट विश्वास रहा है अत: सारे कठोर दायित्व लक्ष्मण को ही सौंपे जाते हैं। लक्ष्मण राम के प्रति समर्पित हैं किन्तु स्वतंत्र बुद्धि के स्वामी भी हैं, अत: कोई भी आदेश सहज ही स्वीकार नहीं कर पाते। उनकी आलोचनात्मक बुद्धि तर्क करती है, उचित-अनुचित को तोलती है। वे राम की सीता के प्रति कठोरता के आलोचक हैं और प्रजा की राम-सीता के प्रति कठोरता के भी विरोधी हैं। उनमें न्याय की प्रबल भावना है। वे भावुक भी हैं। राम की पीड़ा भी वे झेलते है और सीता की पीड़ा भी। राम की आज्ञा के विरोधी होते हुए भी, राम के प्रति निष्ठा के कारण आज्ञापालन करते जाते हैं और रोते जाते हैं।

'वैदेही के राम' के सर्वाधिक तेजस्वी पात्र हैं आदिकवि वाल्मीकि। वे दशरथ के मित्र थे। सीता को वन भेजते समय राम पुन: सारी सावधानी अपनाते हैं कि सीता कहीं जंगल में पशुओं अथवा राक्षसों से त्रस्त न हो जाएं। अत: लक्ष्मण को स्पष्टत: समझाते हैं कि तमसा नदी के तट पर वाल्मीकि आश्रम के निकट ही सीता को छोड़ा जाए। वाल्मीकि पिता की भाँति सीता को अपने आश्रम में बारह वर्ष तक रखते हैं। लवकुश का जन्म वहीं होता है। वाल्मीकि ही दोनों कुमारों को शिक्षा-दीक्षा, युद्ध-विद्या तथा

संगीत का ज्ञान देते हैं और रामायण-गान भी सिखाते हैं। महर्षि वाल्मीकि अद्वितीय-प्रतिभाशाली या 'जीनियस' हैं। वे आदिकवि हैं, संगीत मर्मज्ञ हैं, शस्त्रविद्या एवं रण-चातुर्य के विशेषज्ञ हैं। उनमें विचार-स्वातंत्र्य है साथ ही वे प्रखर मनोवैज्ञानिक हैं। उनमें निर्भीकता एवं स्पष्टवादिता के गुण हैं, साथ ही न्याय भावना भी प्रबल है। दो टूक शब्दों में उन्होंने राम को 'लोकापवाद भीरू' कहा है। जिस प्रकार सीता एवं उनके पुत्रों का वे पालन-पोषण, रक्षण और शिक्षण करते हैं, उससे उनका महामानव रूप भी सामने आता है। बड़ी दूरदर्शिता के साथ वे उपयुक्त अवसर पर लव-कुश का रामायण-गान के माध्यम से राम के सामने उद्‌घाटित करते हैं। उन्होंने राम से आग्रह किया कि वे निष्पाप सीता को स्वीकार करें। वाल्मीकि रघुकुल के सच्चे मित्र और बिखरे हुए परिवार को जोड़ने वाले भावुक कवि हैं जो हर किसी की, यहाँ तक कि एक क्रौंच पक्षी की भी वेदना गहराई से समझते हैं। राम जैसे महान् और जन को समर्पित शासक का निरूपण वे ही कर सकते थे।

सीता को वन में पहुँचवा कर राम उनके समाचार हेतु व्याकुल रहते हैं। उनकी पीड़ा इतनी गहरी है कि वे चार दिन तक कुछ राज कार्य नहीं कर पाए! सीता के पृथ्वी में प्रवेश करते ही तो वर्षों की संचित राम की पीड़ा अचानक विस्फोटक रूप धारण कर लेती है। उनके देखते-देखते ही सीता अदृश्य हो गई। वे उद्यत हो उठते हैं पृथ्वी के नाश हेतु (उत्तरकांड 68/9-10)।

सीता के जाने से उन्हें समूचा संसार सूना प्रतीत होता है—

अपश्यमानो वैदेहीं मेने शून्यमिदं जगत्।
शोकेन परमायस्तो न शान्तिं मनसागमत्॥ 66/4॥

देखा जाए तो तीन बार सीता का हरण हुआ और इस प्रकार तीन बार राम को दारुण आघात सहने पड़े। पहली रावण सीता को हर ले गया। दूसरी बार अयोध्या की निष्ठुर प्रजा ने सीता का हरण कर लिया। तीसरी और अंतिम बार सीता को सदा के लिए हर ले गई।

इस घटना के बाद राम दीर्घ समय तक राज्य करते हैं। बाद में अपने और भाइयों के आठों पुत्रों को विभिन्न स्थानों का राज्य सौंपते हैं किन्तु अयोध्या का राजा कोई नहीं होता! जीवन भर की अपनी सारी पीड़ा हृदय में समेटे ही राम सरयू में जलसमाधि लेते हैं।

सीता को युग-युगों से अपार सहानुभूति मिलती आई है किन्तु राम की व्यथा अनकही और अनसुनी रह गई। राम पर तब भी निर्ममता और कठोरता का आरोप लगता रहा और आज भी उन्हें कठोरहृदय ही माना जाता है परन्तु उनके विशाल हृदय की विशाल पीड़ा कोई नहीं समझ पाया। समझ पाईं तो केवल वेदेही।

इस संदर्भ में यह उल्लेख करना भी उचित है कि सीता-परित्याग का प्रसंग प्रक्षिप्त माना जाता है। किंतु मैं रामायण को उसी संपूर्णता में स्वीकार करती हूँ जिसमें वह

आज हमारे हाथों में है। और फिर, जब उत्तर रामचिरतम् के रचनाकार महाकवि भवभूति तक ने उक्त प्रसंग को स्वीकार कर मान्यता दे दी तो कहने को कुछ शेष रहता नहीं।

यदि सीता-परित्याग का प्रसंग प्रक्षिप्त हो भी और राम की छवि को विरूप करने के लिए ऐसा किया भी गया हो तो वह उद्देश्य पूर्ण नहीं होता बल्कि राम एक महान् समर्पित शासक थे, यही सिद्ध होता है।

मैं उन सभी स्नेहीजन के प्रति आभार व्यक्त करना अपना पुनीत कर्तव्य समझती हूँ जो प्रत्यक्ष अथवा परोक्ष रूप से 'वैदेही के राम' की रचना-प्रक्रिया एवं प्रकाशन प्रक्रिया से जुड़े रहे अथवा उत्साह-वर्धन करते रहे।

सर्वप्रथम मैं आदरणीय डॉ० विद्यानिवास जी मिश्र को हार्दिक धन्यवाद प्रेषित करती हूँ जिन्होंने विदेश-प्रवास हेतु प्रस्थित होने की व्यस्तता में भी समय निकाल कर खंड-काव्य को पढ़ा तथा उसके विषय में अपने विचार व्यक्त कर "वैदेही के राम" की श्रीवृद्धि की। मैं उनके प्रति हृदय से आभारी हूँ।

इस काव्य का जन्म स्थान शिमला है जहाँ ग्रीष्मावकाश हेतु मैं सन् 2000 में गई हुई थी। इस संदर्भ में जो सहयोग मुझे महामहिम डॉ० विष्णुकान्त जी शास्त्री (तत्कालीन राज्यपाल, हिमाचल प्रदेश) से प्राप्त हुआ उसके लिए मैं उनके प्रति कृतज्ञ हूँ। आदरणीय शास्त्री जी ने बड़ी उदारता एवं स्नेह से हिमाचल प्रदेश विश्वविद्यालय के अतिथि गृह में मेरे रहने की व्यवस्था करवा दी थी जिसके परिणामस्वरूप 'वैदेही के राम' का सृजन संभव हो सका। बहुत-बहुत आभार।

शिमला तथा पचमढ़ी जैसे सुरम्य पर्वतीय स्थलों के शांत, एकान्त एवं सुखद परिवेश में अध्ययन, मनन, मंथन तथा लेखन सहज संभाव्य है। 'वैदेही के राम' की रचना में ऐसे वातावरण की महत्वपूर्ण भूमिका रही है। जिस काव्य का अंकुरण शिमला में हुआ, वह पचमढ़ी में विकसित तथा पल्लवित हुआ। मैं श्री ए०एन० सिंह (तत्कालीन महानिदेशक पुलिस, म०प्र०) को धन्यवाद देती हूँ जिन्होंने लेखन हेतु न केवल पचमढ़ी जाने का सुझाव दिया, बल्कि इस हेतु वहाँ रहने की समुचित व्यवस्था भी करवाईं।

किसी कठिन विषय पर लिखने के लिए बहुत मनोबल की आवश्यकता होती है। राम की अन्तर्वेदना को उपयुक्त शब्दों में ढालना निश्चित ही बड़ा दुरूह है। किंतु इस कठिन कार्य की कठोरता पिघलती सी अनुभव हुई क्योंकि श्रीमती मोहिनी चतुर्वेदी (भैया साहब स्व० श्रीनारायण जी चतुर्वेदी की सुपुत्री एवं मेरी अग्रजा) लखनऊ से पत्र तथा दूरभाष द्वारा मेरा मनोबल और उत्साह बढ़ाती रहीं। पूरा खण्डकाव्य पढ़कर वे इसके शीघ्र प्रकाशन हेतु भी उत्सुक रहीं।

अग्रज भी भरतचन्द्र जी चतुर्वेदी (अवकाश प्राप्त आई०पी०एस०, भोपाल) तो 'वैदेही के राम' की सम्पूर्ण रचना-प्रक्रिया से घनिष्ट रूप से जुड़े रहे। काव्य को

सुगठित करने में उनके सुझावों का भी सहयोग रहा। 'मुन्नो जीजी' (श्रीमती मोहिनी जी) तथा 'भैयो' (श्री भरतचन्द्र जी) को धन्यवाद देना तो बड़ा विचित्र लगता है। उन दोनों से मेरा स्नेहपूर्ण अनुरोध है कि वे अपना स्नेहपूर्ण सहयोग आगे भी इसी प्रकार बनाये रखें।

अंत में मैं लोकभारती प्रकाशन के प्रति आभार व्यक्त करती हूँ। वस्तुत: तो 'वैदेही के राम' खण्डकाव्य के जन्म का श्रेय श्री दिनेश चन्द्र जी तथा श्री विनीत कुमार जी को जाता है क्योंकि एक खण्डकाव्य लिखने का सुझाव उन ही ने दिया था। उनके सुझाव पर मंथन करते-करते अंतत: सीता-परित्याग की दारुण घटना काव्य रूप में प्रस्फुटित हुई और शनै:-शनै: वह बीज अंकुरित होकर 'वैदेही के राम' रूपी खण्डकाव्य में पल्लवित हो सका, अन्यथा राम-व्यथा शायद अभी भी अनकही और अनसुनी ही रह गई होती! पुन: उन्हें धन्यवाद।

भारत के इतिहास में राम और कृष्ण का विशिष्ट ही नहीं, अति विशिष्ट स्थान है। कृष्ण आम जनता से उठे प्रथम लोक नायक हैं। वे जनता के, जनता द्वारा और जनता के लिए थे। ग्वाल-बालों के नायक थे। जनक्रान्ति के उद्घोषक थे। वहीं राम एक विशाल राज्य के नरेश थे, जो हृदय से जनता को समर्पित थे। सर्वोच्च पद पर रहते हुए भी उन्होंने विपुल जनसिंधु में स्वयं को बिन्दु सा तिरोहित कर दिया। सर्वस्व न्यौछावर कर दिया जनता पर। उक्त दोनों विभूतियों पर लिखना बड़ा चुनौती भरा कार्य है। बहुत संकोच से, हिचकते हुए ही राम की वेदना को शब्द देने का प्रयास किया है। इस महती योजना को हाथ लेते समय मन आंदोलित था। आज ही मन आंदोलित है।

एक श्रेष्ठ समर्पित शासक के रूप में राम की छवि उकेरने में कहाँ तक सफल हो सकी हूँ और कहाँ तक राम की वेदना को अभिव्यक्ति दे सकी हूँ यह निर्णय तो अभी उनके पास सुरक्षित है जिन संवेदनशील पाठकों के हाथों में 'वैदेही के राम' सौंप रही हूँ।

उपासिका
483/2, नर्मदा रोड
जबलपुर-482001
(म०प्र०)

चित्रा चतुर्वेदी 'कार्तिका'
फाल्गुन पूर्णिमा
17 मार्च, 2003

विषय-सूची

सर्ग–1

वज्रपात हा! वज्रपात!
यह कलुषपूर्ण मिथ्यावाचन
यह घोर निम्न संवाद
वज्रपात! हा! वज्रपात!!

सहसा लगा थम गई श्वास!!!
दिगदिगंत् को चीर
कड़कड़ा पड़ी तड़ित् हो
और हृदय पर हुआ
अचानक वज्रपात!

हत्प्रभ और अवाक्
खड़े के खड़े रह गए
श्री रघुनाथ!
जीवन की संचित पूँजी लुटी
दीन अवध के नाथ
वज्रपात! हा वज्रपात!

हो गए अर्धमूर्च्छित से थे दशरथसुत रघुनाथ
प्राण निकलने को ज्यों आकुल, हा भीषण आघात!
लांछित हो मिथ्यारोपों से हुई अहल्या थी पाषाण
राम शिलावत् स्वयं, लगा है लांछन–विष का बाण।

गौरवमय रघुवंश-कीर्ति पर लगता विकट कलंक
वैदेही पर स्वयं प्रजा ने फेंका कलुषित पंक!
राजधर्म के आदर्शों की सीता रही सदा से भक्त
करना है जनहित नरेश को, हों कितने भी कष्ट
जनकनन्दिनी प्रजावत्सला, हो सकती जन पर बलिदान
उस शुचितामय साध्वी पर आक्षेप, न जिसका कोई प्रमाण!

अगणित चौमुख दीप बाल वह थाल सजा कर थी लाई
—"नाथ! शुभारंभ रामराज्य का, ग्रहण करें सीता की बधाई।
सदा श्रेष्ठ अद्वितीय शासक कहलाएँ मेरे नाथ
छा जाए संपूर्ण जगत में सुरभित राम का नाम
नाम आप का ले गर्वान्वित हो भावी इतिहास
सदा सदा रघुनाथ का धरती पर गूंजे यशगान।

"राजधर्म के पालन में मैं सदा रहूँगी साथ
मैं जनता की एक लघु किंकरि, जनकसुता हूँ नाथ।
तात जनक ने यही सिखाया, कहने को स्वामी राजा
किन्तु नहीं यह सत्य, प्रजा है स्वामी, सेवक है राजा।
नाथ! किन्तु कितने ही शासन केवल भ्रष्ट ही होते हैं
पद पाकर, अभिमान से निशदिन स्वार्थ सिद्धि ही करते हैं

प्रजा उपेक्षित भूखी रहती, निज भंडार ही भरते हैं
श्रेष्ठ तंत्र को दुष्कर्मों से भ्रष्टतंत्र कर देते हैं।
उनके संबंधी उच्छृंखल नित्य प्रति होते जाते
उनके पापों को शासक है भाँति-भाँति ढकते जाते।
भ्रष्ट निरंकुश शासक त्याग, प्रजा चली जाती है कहीं और
राज्य उजड़ जाता, ऐसे राजा को मिलता कहीं न ठौर।
राजधर्म के सिद्धांतों को तात सिखाया करते थे
पालन करने, आज मिला दायित्व आपको और मुझे।"

मैंने कहा—"प्रवृति यह घातक, धर्म नीति के है प्रतिकूल
किन्तु सदा उन्मुक्त रहे इससे रघु और जनक के कुल।
सत्य कहा तुमने हे सीते! महल प्रसाधन-केन्द्र न होते
औ' विलास-क्रीड़ा रत रहने, नहीं नृपति और शासक होते।
श्रेष्ठ भूप निज प्रजा—सुरक्षा में हो जाता है बलिदान
प्राणों के रहते जनता पर किन्तु न आने देता आँच।

कंटकमय दंडक वनयात्रा पूर्ण करी हमने एक साथ
राजनीति की कंटक-यात्रा में भी निभाना, सीते, साथ।
प्रजा पुत्रवत् पालन करना ऐसे जनकदुलारी
असंतोष ना जन को हो, यह चेष्टा रहे हमारी।"

गद्‌गद हो वैदेही ने आरती उतारी तब मेरी
चरण छुए थे और बलाएँ पुलकित हो ली थीं मेरी।
बोली—'नाथ! गर्विता सीता जो उसने पाए रघुनाथ
धन्य विचार आप के भी, जैसे कहते रहते थे तात।
अद्‌भुत तादात्म्य तात और आप के आदर्शों में
लिप्सा, भोग नहीं, दोनों ही नृपतिमहा कर्तव्यों में।
प्रजा दुःखी रखने वाले नृप का होता है नरक निदान
सदा करेंगे रंजन जन का, न्यौछावर तन, मन, धन, प्राण।"

हा! कैसे पुलकित स्वर में बोली थी भोली वैदेही
-"जैसे श्री रघुनाथ चलेंगे, साथ चलूँगी वैसे ही।
यह वैदेही का आश्वासन, कभी न त्रुटि होगी हे नाथ
धर्मध्वजा ना झुक पाएगी और न रघुकुल का सम्मान।"
सोच कौन सकता था उस पल
होंगे जन-प्रहार उस पर ही!
राजधर्म की वंकिम गति, हा,
मैं भी ना समझा वैदेही!
आज न साहस वैदेही के सम्मुख भी जा पाने का
साहस नहीं राजधर्म का विश्लेषण कर पाने का।

सम्मुख जाते ही दुर्बल पड़ जाने का भय है अतिशय
प्रीति और अनुराग से डाँवाडोल मेरा होगा निश्चय।
क्षुद्र स्वार्थी शासक, सीते! कहलाएँगे तब हम तुम
जो बातें आदर्श की करते, किन्तु आचरण निम्नस्तर।
पर, निन्दा से कलुषित रघुकुल का होगा गौरव-इतिहास
सभी रहें सन्तुष्ट, न सूझे राह, न ऐसा कोई प्रयास!
सिंहासन त्याग नहीं सकता, दैवी है दायित्व महान्
राजधर्म में सिंहासन के त्याग का कोई नहीं विधान।
त्याग तो सकता निमिष मात्र में
यदि विडंबना सुलझ सके।
किंतु सिंहासन त्याग, तोड़ दूँ धर्म विधान
हो जाएगी अवधपुरी इस निर्णय से
हर भाँति अनाथ।
अनुज कोई स्वीकार करेगा नहीं यह सिंहासन
मेरे पीछे पीछे ही चल देंगे तीनों व्याकुल मन।

राजाहीन नगर होगा
ज्यों नाविक बिन, नौका
राज करेंगे दुष्ट, लुटेरे, पापी, हिंसक, चोर
नहीं नीति और धर्म, अराजकता होगी घनघोर
शांति, चैन, सुख लुट जाएगा, साथ ही धर्म और ज्ञान
संत और सज्जन—जन के होंगे, संकट में प्राण।

नहीं यह संभव! यह नहीं संभव
इतने जन को दुःख पहुँचाना
उत्तम नीति है हित विशाल के
हेतु लघु को तुरत त्यागना।
राष्ट्र के हित में ग्राम त्याग हो, ग्राम हेतु परिवार
और कुटुम्ब के हेतु उचित है एक व्यक्ति का त्याग

किन्तु..!
जानकी एकनिष्ठ है, भोली और निष्पाप
उसे भला कैसे मैं त्यागूँ, क्या, उसका अपराध?
निर्दोष को दंडित कभी न
करना पड़ा किसी भी राजा को
मेरी अग्निपरीक्षा ही क्यों
लेनी पड़ी विधाता को?
पर रघुकुल की उज्ज्वल कीर्ति धूमिल हो न सके
पुण्य धरोहर की रक्षा मुझ को ही तो अब करनी है!

यह प्रतापगढ़ रघुकुल का है
इक्ष्वाकु की मानथली
अपकीर्ति ना सेंध लगाए
रहे सुरक्षित यह पूँजी।
अंधकार है, नहीं सूझता कोई उचित उपाय
किंतु प्रमुख है जन-मन-रंजन, चाहे कुछ हो जाए।
प्रथम राम एक शासक ही है
तब कहीं पति या पुत्र या भ्राता
शासक का जीवन क्या अपना?
जो कुछ है, वह है जनता का।

नहीं चाहती प्रजा, जानकी रहे अयोध्या की रानी?
यही चाहती प्रजा, वियोगी सदा रहें राजा-रानी?
यही ठीक है! शिरोधार्य है संप्रभु जनता की इच्छा
सुख, आकांक्षाएँ मैं अपनी, अभी, तुरत स्वाहा करता।

नहीं पलायन दायित्वों से
नहीं पलायन जीवन से
मैं विषघूँट कंठ नहीं धरता
अंतर में उतार लूँगा
होता रहे दाह अन्तर का
पर, कर्त्तव्य निबाहूँगा।

यह परिताप नहीं क्षण भर का
यह परिताप नहीं निशि भर का
पीड़ा, पश्चात्ताप रहेंगे मेरे नित्य सखा
इन्हें साध कर हृदय रखूँगा
जग से सदा छिपा।

हे पलक! बने रहना प्रहरी
कोई बूँद अश्रु की ना निकले
पाषाण बने रहना, हे उर!
सीता गुहार से ना दरके

अभिलाषा त्याग
आशा का त्याग
सुख प्रेम और
सुविधा का त्याग!
प्रियतमा त्याग

संतान त्याग
अनुराग और
मनुहार त्याग
सर्वस्व त्याग
सर्वस्व त्याग!
सर्वस्व त्याग
सर्वस्व त्याग!!

शीघ्र ही प्रतिहारी को भेजा
तुरत अनुज लाने को वहाँ
हा! अनिष्ट की काली छाया!
आज रात कुछ घटने वाला!
उद्वेलित और क्यों चिंतित हैं?
आज राम बेचैन बहुत हैं।

पीड़ित और उद्विग्न
नहीं यह रूप कभी भी देखा था
हैं भयभती दास, निज सेवक
विस्मित और चकित हैं
आज राम बेचैन बहुत हैं।

कसती है मुट्ठी बार बार
फिर खुल जाती है हौले से
बोझिल हैं राजीव-सुलोचन
व्यथा-भार से मुंदे मुदे
राजमहल निस्तब्ध हुआ
पर चरण—कमल दो व्यग्र बहुत हैं
आज राम बेचैन बहुत हैं।

टहल रहे हैं द्रुतगति से
पल एक नहीं रुक पाते हैं
डूबे गहरे मंथन में
कुछ अन्तर्द्वन्द्व सताता है
उर पर बार बार क्यों ऐसे
हाथ, विकल हो, जाता है?
चरम वेदना मूर्तिमंत्त हैं
अहो! राम क्यों हुए व्यथित हैं?
आज राम बेचैन बहुत हैं।

गहरी चोट लगी है मन पर
उच्छ्वासें भी मौन हैं साधे
क्यों रघुनाथ आत्मविस्मृत हैं?
आज राम बेचैन बहुत हैं।

उठते नेत्र दूर खोए से
सब कुछ खोया खोया सा
कोई निधि अनमोल गँवाकर
जैसे राम निपट एकाकी
बंधु, सखा और मित्र रहित हैं
आज राम बेचैन बहुत हैं।

उधर जानकी ने खोले, अपने नयन उनींदे
हुआ विलंब अधिक स्वामी को,
शयन हेतु अब तक न पधारे!
किंतु न अचरज होता किंचित्
रहते जनरंजन के हेतु
राम सदा ही चिन्तित
प्रजाकार्य में गिने कहाँ हैं
अपने सुख-विश्राम?
प्रजा ही उनकी इष्ट,
विलक्षण आराधक श्री राम!

आते ही पूछेंगे मुझ से मुदित मुदित रघुनाथ
''अहो जानकी! दीप्तिवान् कुछ अधिक है मुख क्यों आज''?
कहूँगी उनसे—''प्रजाकार्य में भूल गए क्या नाथ
सदा कुमुदिनी प्रमुदित होती ज्यों गहराती रात?''

''किंतु निशा तो कल की भी थी'—कहेंगे हँस रघुनाथ
''अधिक मोदमय शतदल सी फूली है कुमुदिनी आज!''
'प्राण! आपकी मुख-दीप्ति का यह तो सहज प्रकाश
जिस से सदा मेरा मुख दमके, छा जाता उल्लास'

विहँस उठेंगे और करेंगे पुनः पुनः परिहास
''मैं तो सदा सदा रहता हूँ वैदेही के पास
किंतु न देखी ऐसी शोभा, उज्ज्वल दीप्ति-निखार
ज्यों सौंदर्य हुआ हो दुगना, दमक उठा हो आज।''
''गर्भ में अंकुर रघुकुल के मैं प्रतिपल रही हूँ पाल
सीमित कैसे रहे शिशु का तेज दिव्य आभास?
उद्‌भासित हो कर मेरे तन मन पर है वह छाया
नाथ समान ही शिशु तेजस्वी, कुंदन हुई मेरी काया।''

यह कह सहस्त्र सुमनदल माला उन को कर दूँगी अर्पित
फिर आनन्द की सुख निद्रा में झूलूँगी निश्चिंत।
किन्तु! ....
अभी तक राम न आए!
ना जाने मन क्यों हो उठता रह रह कर व्याकुल
अर्धनिशा, निद्रा में डूबे प्रजा और रघुकुल!

नेत्र न मुँदते
भरी प्रतीक्षा
दर्शन हो अभिराम
रात बीतती जाती किंतु
नहीं आए श्रीराम!

दर्शन हेतु थके दो नैना
उर हो रहा अधीर
शांत पड़ी हे अवधपुरी
और रात बड़ी गंभीर!
दीप जलाए बैठी सीता
उर-स्पंदन थाम
घड़ी, प्रहर सब बीते किंतु
नहीं आए श्रीराम!

राम-द्वार आ अनुज थे ठिठके
विस्फारित हुए नेत्र थे उनके
लख अग्रज की दशा चौंक कर
सहम गए तीनों भाई
क्या रघुकुल पर फिर से कोई
नई विपद है घिर आई!

अहो! ये व्यथित उनींदे नेत्र!
और यह अस्त-व्यस्त बाना!
निपट संकट में भी प्रभु का
ना ऐसा रूप कभी जाना

अहो, क्या शशि को ग्रहण लगा?
राहु ने ग्रसा चन्द्रमंडल?
कहाँ वह तेजयुक्त श्रीमुख
आज शोभा और श्री से च्युत!

ये उतरा उतरा सा चेहरा
और उजड़े उजड़े से राम!
आज टूटा टूटा सा गात
आज हारे हारे रघुनाथ!

विपत क्या ऐसी महा विकट
कि हार दी अपनी चिर-मुस्कान?
आज टूटा टूटा सा गात
आज हारे हारे रघुनाथ।

क्या आया प्रबल है झंझावात्?
भविष्य का टूटा तोरण-द्वार?
उजड़ गया नीड़ सुरम्यमहा?
बिखर गए सब तिनके तिनके?
टूट कर बिखर गए सपने?
बिछुड़ गए मीत परम अपने?
बिछोह का बड़ा भयंकर ताप?
आज टूटा टूटा सा गात
आज हारे हारे रघुनाथ!

अभी प्रारंभ हुआ शुभकाल
हो रही राम की जय जयकार
भैरवी छेड़ी और विहाग
बीच में टूटा वीणा-तार?
शेष अब नहीं रहा संगीत?
रूठ गए मधुर मधुर सब गीत?
प्रीति का मूक हुआ गाना?

अहो, यह अस्त-व्यस्त बाना!
प्रभु का अस्त-व्यस्त बाना!
प्रभु के व्यथित उनींदे नेत्र
कहाँ खो आए हैं निज चेत?
हुआ क्या भीषण उल्कापात?
आज टूटा टूटा सा गात
आज हारे हारे रघुनाथ!!

'अहो कुछ कहें तात मेरे!...'
हुए लक्ष्मण उद्यत कहने,
राम ने रोका, कर इंगित
खड़े रहे अनुज बड़े चिंतित
विकट सन्नाटा छाया था
साँस का आना जाना था।

कुछ देर मौन रघुनाथ रहे
फिर दीर्घ श्वास लेकर बोले—

"शपथ तुम्हें मेरे जीवन की, नहीं बीच में कोई बोलना
ध्यान और गंभीर भाव से सुनो, मुझे जो कुछ है कहना।
परामर्श नहीं आज माँगता, नहीं चाहता हूँ, प्रतिवाद
चर्चा नहीं, विरोध न कोई और न अनुनय-विनय विवाद।
सीमित रहे बात तुम ही तक, अभी नहीं हो कहीं प्रचार
मेरी आज्ञा का बंधु, पालन करना होगा तत्काल।"
विस्फारित नेत्रों से राघव शून्य रहे थे ताक
शब्दों को खोजा, फिर निकली एक दीर्घ निःश्वास।

"मित्रों से हुआ ज्ञात, प्रजा में सीता को लेकर अपवाद
रावण की बन्दिनी रही, पर मैंने किया उसे स्वीकार।
रावण के घर रही जानकी, पावनता का नहीं प्रमाण
फिर भी ग्रहण किया, घोर आपत्तिजनक मेरा आचार।
नीतिहीन आचरण, भ्रष्ट हो गया श्रेष्ठ रघुकुल परिवार
अवध में ऐसे कदाचरण से फैलेगा व्यापक व्यभिचार।
रघुकुल के उज्ज्वल यश और गौरव पर आई, बंधु, आँच
राजा रानी के चरित्र पर प्रजा खो चुकी है विश्वास।
यह स्थिति गंभीर, बंधुजन! नीति धर्म के है प्रतिकूल,
मुझे त्यागनी सीता होगी, यही लोकमत के अनुकूल।"

अहो नहीं प्रभु!
अहो नहीं प्रभु!!
परे कल्पना के आघात!
हत्प्रभ लक्ष्मण
काष्ठ शत्रुघ्न
भरत खड़े स्तब्ध रह गए।
जनकनन्दिनी
जो जन्मेंगी
अवध-राज्य का
भावी राजा!!
ऋषि-नरेश की
पावन पुत्री
शीलवती
हा! जनकसुता!!

खंड खंड हो रहा मर्म
नहीं शब्द सूझते
भग्न हृदय हैं राम
स्वयं से स्वयं जूझते
"सर्वोपरि जनता की इच्छा
हो न कभी भी लोक-उपेक्षा!
पूर्वज, पिता और रघुवंश
इन की लेकर मैं सौगंध
वैदेही का करता त्याग
जन-सम्मान हेतु तत्काल।

जनकनंदिनी की इच्छा है, वन में करें विहार
वन-सुषमा में समय बिताने, ऋषि-मुनि का करने सत्कार।
लक्ष्मण! यह दायित्व तुम्हारा, सीता को ले जाना प्रातः
मुनि-पत्नियों, संत, ऋषिजन का करना उचित रूप सम्मान।
सीता नहीं अयोध्या लौटें, रहे सुनिश्चित इसका ध्यान
तमसा तट पर वाल्मीकि मुनि का आश्रम पावन सुखधाम।
हिंसक पशु से पूरित वन में, वही निरापद है स्थान
वहाँ छोड़ सीता को, आ कर देना सत्य मुझे संवाद।''

स्तब्ध अनुज करबद्ध यथावत्
नतशिर, नयनों में पीड़ा जल
हा, कठोर यह राजधर्म है!
हा, कठोर अति राजदण्ड है!
बिना जानकी के आजीवन
रह लेंगे क्या जानकीनाथ?
अग्निपरीक्षा कितनी बार दें
जनकनंदिनी-जानकीनाथ!

''सीता को छोड़ोगे लक्ष्मण! तभी बताना राजाज्ञा
इस आदेश के पालन में, सौमित्र! न विचलित हो जाना।
कर्त्तव्यों के पालन में रघुवंशी होते निष्ठावान्
प्रजा के पोषण हेतु बना यह राजधर्म, है धर्म महान।
हा! पहले जीवन में ऐसा
कष्ट कभी नहीं था पाया
आज धर्मसंकट बन कर
जो आ प्राणों पर है छाया!
जाओ बन्धु, न चर्चा करना जब तक कार्य न हो सम्पन्न
अर्धरात्रि गई, भोर जानकी को वन ले जाना लक्ष्मण।''

सूखे मुख
कंपित चरणों से
उद्वेलित लौटे भाई
रघुकुल को लीलने
खोल मुख
कालरात्रि
भीषण आई।

वैदेही ने चाहा कितना वन जाने से पूर्व
हों रघुवर के दर्शन तो दिन हो मंगलमय शुभ।
'राजकार्य में व्यस्त बहुत हैं, देवि, अभी रघुनाथ!'
लक्ष्मण बोले, फेरे मुख किसी भाँति छिपाते भाव।
हुईं निराश जानकी, अब तक दर्शन नहीं उपलब्ध
रथारूढ़ हुईं मुड़कर देखा और चला फिर रथ।

रथचक्रों की ध्वनि सुनते ही तड़पे व्याकुल प्राण
आ गवाक्ष पर खड़े हुए, चुपचाप जानकीनाथ।

आज देख लूँ वैदेही को
कल से नयन तरस जायेंगे।
निमिष मात्र की झलक आज
जीवन पथ का पाथेय रहे
दिन पर दिन बीते जायेंगे
सारे दिन रीते जायेंगे।

बनी रहेगी नेत्रों में केवल
निराश सी आशा
औ' अंतर में दबी रहेगी
हा! उदास अभिलाषा!

जीवन हिम-कठोर यात्रा
रंग सूख, उड़ रस जायेंगे
आज देख लूँ वैदेही को
कल से नयन तरस जायेंगे।

जो मुखकमल खिला पड़ता है
कुछ और देर ही खिला रहेगा
फिर अंधियारी रात आएगी
हर पाँखुरी तब सिमट सिमटकर
अपने भीतर सिमट जाएगी
पद्ममाल मकरन्द सुवासित
शनैः शनैः कुम्हला जाएगी।

फिर नहीं सूर्य उगेगा, सीते!
नहीं भोर फिर आयेगी
नहीं वसंत, सावन की रिमझिम,
पीड़ा-दामिनी कौंधेगी
दुःख वियोग के मेघ, दैत्य से
चढ़कर गरज गरज आयेंगे
आज देख लूँ वैदेही को
कल से नयन तरस जायेंगे।

यह क्या कर डाला मैंने!
हँसमुख की हँसी छीन ली!
स्वप्न भरे मृग नयनों से
छीने मैंने स्वप्न सुनहले!
परिचय दिया कपट, छल का
विश्वासघात और पीड़ा का!
कहा, स्वप्न होते झूठे
जागो यथार्थ में वैदेही,
मत भरो उड़ान
नील अम्बर में
जीना सीखो कष्टों में!

मत खींचो रेशम की डोरी
मत गाना मीठी सी लोरी
स्वप्न देखने, हे मृगनयनी,
तेरे नयन तरस जायेंगे
आज देख लूँ वैदेही को
कल से नयन तरस जायेंगे!

क्यों सब छीना, नहीं पूछोगी!
पूछो तो, हे वैदेही!
क्योंकि मात्र एक हूँ राजा
सेवक हूँ, निष्पक्ष, प्रजा का
रघुकुल की है धातु
और कल्पना मनोहर सीता की
इच्छा-शक्ति मेरी ही है बस
इसीलिए मैं अपराधी।

सीते! मेरी जिह्वा सूखी
और कंठ अवरुद्ध हुआ
अब नहीं स्वर फूटेंगे गीत के
नेह को प्राण तरस जायेंगे
आज देख लूँ वैदेही को
कल से नयन तरस जायेंगे।

भरे नयन
अवरुद्ध कंठ से
विदा दी प्राणप्रिया को
विदा जानकी, प्राणवल्लभे!
विदा सदा ही सदा को!

छल कपटों, दुष्चक्रों से प्रिया पूर्णतया अज्ञात
सरल, अबोध अहो प्रिय जानकी, निष्ठुर यह रघुनाथ।

कहेगी मुझ को निष्ठुर कितना
निष्ठुर बड़ी विवशता!

अपलक दृग से रथ निहारते
जब तक हुआ न ओझल
रथ से दिखता धानी चूनर
का फर फर उड़ता आँचल!

सर्ग–2

बीत गये पूरे दो दिन!
नहीं सूचना सीता की कोई
और नहीं आये लक्ष्मण
बढ़ती जाती है अधीरता
घटता जाता हर एक क्षण
बीते गये पूरे दो दिन!

एकटक बाट जोहते हैं, चिन्तित मन से राम
पीड़ा अति उर की बढ़ती तो लेते हाथों थाम
हे सौमित्र! राम निष्ठुर है
तुम सीता को समझाना
यह था एक क्रूरतम निर्णय
पड़ा विवशता में लेना।

कभी न जिसको छोड़ा अकेला
उसको निबिड़ वनों भिजवाया!
कैसे झेला होगा उसने यह निर्मम आघात
क्या जाने, क्या घटा हो सुनकर
जनकसुता के साथ!

रे मन! कहाँ जानकी होगी
ऐसे विकट अंधेरे में!
लक्ष्मण! कहीं छोड़ मत आना
सीता निपट अकेले में।

हिंस्त्र सिंहों के बीच तो नहीं
कातर कपिला?
टूट गिरी होगी काँटों में
मृदुल माधवी लतिका!
किसे गुहारेगी भय पीड़ित
कौन रहा अब रक्षक?
जिसको समझा था अवलंबन
दंश उसी ने दिया
अहो, मैं भीषण तक्षक!

एक एकाकी नारी भयातुर
चहुँदिशि घोर सघन वन!
बीत गए पूर दो दिन!
नहीं सूचना सीता की कोई
और नहीं आए लक्ष्मण!
कुशलक्षेम तक मिली नहीं,
नहीं मिला संवाद
अपलक बाट जोहते हैं
चिंतित मन रघुनाथ।
सीता हुईं अधीर पहुँचने घर
बढ़ीं बैठने नौका पर
रुक गईं विस्मित जनकनंदिनी वहीं ठिठक कर
फूट-फूट कर रोने की सहसा ध्वनि सुनकर।

उच्च कंठ से रोते लक्ष्मण
बैठ गये करबद्ध भूमि पर
—"नहीं संभव! लौटा ले जाना
क्षमा करें, माँ! करें क्षमा।"

सीता अचरज में डूबीं—'सौमित्र! ये कैसा है बचपन?
लाए वन में स्वयं, अयोध्या नहीं ले जाओगे लक्ष्मण?
आज तुम्हें है हुआ भला क्या? स्वस्थ नहीं लगते हो
जब से छोड़ अयोध्या आए, उच्छ्वासें भरते हो!
क्या कहते हो, अपने शब्द नहीं स्वयं ही समझे हो
लगा, छिपा कर मुझसे रह रह अश्रु पोंछते हो!''
''-देवि! महाभीषण कठोर कर्तव्य मिला है मुझ को
आप न लौटें अवधपुरी को, यह राजाज्ञा मुझ को!''

'' —लक्ष्मण! रोको अशुभ वचन तुम
क्या कहते जा रहे हो?
राजद्रोह यह! अग्रज के प्रति
द्रोह किए जा रहे हो?....

''यह कैसी विचित्र है आज्ञा, यह कैसा आदेश?
रानी हूँ मैं अवधपुरी की, सघन बड़ा वन-क्षेत्र।
उनके साथ रही थी मैं वन, जब थे वन में राम
अब जाऊँगी जहाँ विराजे हैं मेरे सुखधाम।
तीन दिवस हुए नगर को छोड़े, करते होंगे प्रतीक्षा
लक्ष्मण! नौका पर चढ़ने दो, मत लो धैर्य-परीक्षा।''

लोट गए लक्ष्मण चरणों में—''हा माता वैदेही।
दुःसंवाद मुझे देना ही होगा अब कैसे भी!
सौगंधें पूर्वजों की ले, अग्रज ने दिया आपको त्याग
प्रजाजनों में फैल रहे थे आप से संबंधित अपवाद
अवधपुरी की रानी, बन्दिनि हो रावण-गृह रह आई
अवधपति ने अनुचित रीति अनीति भरी है चलवाई।
भ्रष्ट राजकुल से फैलेगा जनपद में व्यभिचार
नैतिकता अब गई, नीच होंगे सारे आचार।''

काँप उठीं जानकी प्रजा के सुन अनुचित उद्‌गार
आदर्शों के स्वप्नमहल ढह गए एक ही बार।
थर थर तन और आँखों में था छाया घना अँधेरा
हाथों से टटोलती ढूढ़ें मिल जाए कोई सहारा।
भंग लता सी गिरीं भूमि पर करतीं हाहाकार
—"हा सौमित्र! वज्रपात यह! उजड़ गया मेरा संसार।
निज लांछन अपमान भुला दिए थे प्रभु के अनुराग में
मैं सौभाग्य-विमोहित फूली, फिरती अपने आप में,
सोचा नहीं कि जाग पड़ेगा नाग पुराना दुखदाई
दंश और फूत्कारों से विषयुक्त करेगा फुलवारी।

अग्निपरीक्षा भी दी थी, पर प्रबल महा दुर्भाग्य
न ही प्रजा को, ना राघव को मुझ पर है विश्वास!"
पड़ी रहीं अचेत हो सीता, कितने पल सुध ना आई
जल के छींटे पा महादेवी किसी भाँति थीं उठ पाईं
पीला पड़ गया मुखमंडल था
रक्तहीन निचुड़ा निचुड़ा
झड़ने वाला पतझर का
अंतिम जैसे पीला पत्ता

लक्ष्मण ने किया धैर्य बंधाने का असफल सा एक प्रयास
रुंधे कंठ से चाहा दिलाना जनकनंदिनी को विश्वास।
-"नहीं माता! श्री राम का आप में प्रेम, सुदृढ़ अनुराग
बहुत विकल थे यह राजाज्ञा देते हुए रघुनाथ
इतने दुख और कष्ट में उन को देखा पहली बार
पावन औ' निष्पाप आप हैं, उन्हें पूर्ण विश्वास।"
लक्ष्मण से विनती कर उठीं हाथ जोड़ वे कातर-स्वर
-"हा सौमित्र। मिला दो मुझ को एक बार बस दो एक पल

उजड़ गया प्रीति से पुलकित मेरा नेह भरा संसार
कैसे जिऊँ? जिऊँ ही क्यों, जब जीवन है निस्सार?
इस जीने से तो अच्छा
अब मृत्यु वरण करना!''

चरण पकड़ सीता से बोले रुँधे कंठ लक्ष्मण
–''नहीं माता! अपने जीवन की देता मैं सौगंध
पास आप के मूल्यवान है रघुकुल की थाती
उसे जन्म दें, देवी! पालन करें भली-भाँति।''

–''तो दर्शन एकबार करा दो अवधपति रघुनाथ के
अंधकार घनघोर हुआ है, मार्ग दिखा दें वे।
उन से ही पूछूँगी मैं तब ऐसा कोई उपाय
दूर रहे वैदेही उनसे फिर भी जीती जाय!''

फफक पड़े सौमित्र वेग से—''बड़ा विवश असहाय
आपकी पीड़ा से हूँ पीड़ित, सही ना राम की पीड़ा जाय
हा प्रभु राघव। हा रघुनन्दन। मेरे सीताराम।
कैसे संकट-व्यूह में फँस गए मेरे सीताराम!''

हो अधीर फिर फूट-फूट कर रो पड़े रामानुज
देख दशा उनकी व्याकुल सीता ने बंधाया धीरज।
–''टूट पड़ा मुझ पर, पहाड़ है दुःखों का भारी
पर सौमित्र, तुम्हे निभाने होंगे दायित्व भारी
मुझे छोड़ दो मेरे भाग्य पर, करो अवध प्रस्थान
अपलक बाट जोहते होंगे चिंतातुर श्रीराम।

मेरा क्या है, पड़ी रहूँगी किसी वृक्ष के नीचे
जीवन जीवन-शून्य हुआ है, जिऊँगी मरते जीते।
वन्य पशु कोई आकर कर दे मेरा जीवन अंत
बड़ी घुटन है, श्वास न आती, दूर है जीवन-घन।

जाओ हे सौमित्र, निवेदन करना माताओं को प्रणाम
अनुजाओं को नेह, देवरों का हो नित कल्याण।
हे सौमित्र! रघुनाथ ही में तो बसते मेरे प्राण
उनसे कहना मेरे बारे में ना करें विचार।
धर्म के पालन में ना चिन्ता, ना संकोच, दबाव
पक्षपात से रहित कर्म वे करें नीति अनुसार।

राजधर्म है [illegible] औ' साधना औ' रघुनाथ श्रेष्ठ साधक
कर्तव्यों के पालन में नहीं जनकनन्दिनी है बाधक।
हे लक्ष्मण, बस एक चिरौरी, कातर मेरी गुहार
वैदेही के राम का रखना सदा सदा तुम ध्यान।

मैं तो रो सकती हूँ लक्ष्मण, किंतु करेंगे क्या श्रीराम?
मौन ही रहकर सदा करेंगे नित्य वेदना-पान।
यह संतोष कि आर्यपुत्र करते मुझ पर विश्वास
किंतु उठाएँगे इससे वे दुःख और कष्ट अपार

अविश्वास और घृणा ही होती जो उन के मन में
दुःख न उठाते, कर विवाह नवपत्नी में रमते।
यही कचोट मेरे मन में है, नहीं करेंगे ऐसा राम
हे सौमित्र। ध्यान रखना, एकाकी वैदेही के राम।''

अश्रु प्रवाहित मुख से लक्ष्मण ने तब किया प्रणाम
तत्पर हुए लौट चलने को दूर अयोध्या-धाम।
चले, किंतु बढ़ ना पाए, कुछ दूर रुके सौमित्र
उधर जहाँ पर एक घना था वृक्षों का झुरमुट।

अंधकार हो रहा घोर
इस वन विराट में
नेत्र उलूकों के विशाल दल
चमकाते हैं
ऐसे घने अरण्यों में
रावण मारीच विचरते हैं
नहीं मरती आसुरी प्रवृत्ति
मर मर के वे जी उठते हैं
वैदेही का हरण हुआ
अग्रज भी थे और मैं भी था
आज किंतु असहाय अकेली
वन में फिर हैं जनकसुता
उन्हें छोड़ दूँ
निपट अकेला
साहस नहीं मेरा
तभी सुना वैदेही का
कातर कुररी सा क्रंदन
काँप उठे अंतर तक सहसा
धैर्य गँवा कर लक्ष्मण
रोम-रोम सिहरा धरती का
वन के वृक्ष गए सब काँप
काँपे वट, पीपल, तमाल
काँपे शिरीष, काँपे पलाश
उठे फड़फड़ा व्याकुल पक्षी
गूँजा वन में महाविलाप
सीता के क्रंदन में जुड़ गए
कितने भीगे करुण करुण स्वर

चीतल, कृष्णसार मृग रोए
वानरदल, मयूर ऊँचे स्वर
इस महाक्रंदन का कोलाहल
जा पहुँचा बड़ी दूर दूर तक
तभी हाथ में दीपक ले कर
उभरा तापसि-तापस मंडल।

मूर्च्छित जनकनंदिनी को
कंधों का अवलंबन देकर
ले गईं तापसी आश्रम की
शुभ मंगल पुण्य दिशा
तब कहीं जाकर वन विलाप
था शांत हुआ।

वन को, वन देवों, पशु-पक्षी, लता, वृक्ष को
हाथ जोड़ गद्गद कृतज्ञ लक्ष्मण ने किया प्रणाम
और चढ़े नौका पर व्याकुल, रटते राघव नाम।
यह कठोर कर्तव्य किया
किसी भाँति पूर्ण हे राम!
और परीक्षा अब मत लेना
अग्रज कृपानिधान!
श्री राम राम
श्री राम राम!

◆

सर्ग–3

चार दिवस से सूना सूना
रघुपति का प्रासाद
अहोरात्र हैं राम टहलते
महलों पर अवसाद
नहीं लौट लक्ष्मण ही आए
न ही जानकी का संवाद
पल पल धैर्य टूटता जाता
व्यग्र प्रतीक्षा है दिनरात
मन को आतंकित करता है
कोई भय अज्ञात

अरे कहाँ हो?
अरे कहाँ हो, लक्ष्मण हे प्रिय?
जो फूलों से सज्जित रहती
पहनाए शूलों के हार!
इस निर्मम निर्णय से
बढ़ता मन का नित्य वेदना-भार
कहा था लक्ष्मण, शीघ्र लौटना
और तुरत देना संवाद!
किन्तु विलंब लगाया तुमने
शंकित व्याकुल बड़ा हृदय
अरे कहाँ हो लक्ष्मण, प्रिय?
पूज्य पिता और वाल्मीकि ऋषि
मित्र सदा से रहे अनन्य

वहीं छोड़ना सीता को
जहाँ मुनिवर का आश्रय
मैं निश्चिंत तभी हो सकता
सीता का परिवेश हो निर्भय
अरे कहाँ हो लक्ष्मण हे प्रिय?

कौन?
कौन वहाँ?.....
कौन द्वार पर खड़ा हुआ छिपता है?
कौन वहाँ जो कातर श्वासें दीर्घ भर रहा?
कौन वहाँ जो छिपा, मौन हो रूदन कर रहा?
और न कोई हो सकता
यह निश्चित ही सौमित्र!
मेरी पीड़ा में सहभागी
अनुज, सखा औ' मित्र!
-''आओ हे सौमित्र
तड़पता हृदय तुम्हारे हेतु
सीता-मेरे बीच तुम्हीं तो
रहे सदा हो सेतु
विजयी सदा हुआ जीवन में
बंधु, तुम्हारे कारण
तुम्हें देखकर सह पाता हूँ
इतनी पीड़ा दारूण
धैर्य बांध का टूट रहा क्या?
ऐसा मत करना सौमित्र!
अभी तो कितना दीर्घ है जीवन!
अभी कहाँ कष्टों का अंत?
धैर्य धरो प्रिय, मेरे हेतु
बांध न टूटे, बहे न सेतु!

कहो, जानकी को कहाँ छोड़ा?
उसकी थी कैसी मनोदशा?
उपालंभ देकर तड़पी क्या
सीता मेरी प्राणवल्लभा?''

''हा मेरे प्रभु! और न लेना धैर्य-परीक्षा मेरी
अब तक कानों में क्रंदन करती हैं देवी वैदेही!''

विकल प्राण रोते लक्ष्मण ने शीश धरा नहीं आज चरण में
मर्यादा का ब ाँध तोड़, रख दिया शीश श्रीराम-अंक में
लिया समेट बाहु में बंधु, बद्ध रहे आलिंगन में
किंतु व्यथा ना पार है पाती, उमड़ा ज्वार प्रबल मन में
संयत पहले हुए राम, फिर संयत किया अनुज को अपने
''दुःख, शोक और सुख अति से नहीं कार्य किसी के सधते
राजकार्य जो नरेश नहीं उचित समय पर करता
दारूण दुःख का भोग भाग्य में सदा ही उस के रहता
राजगुरु, अधिकारी और अमात्य, सभी को बुलवाओ
मंत्री, सभासदों को भी सन्देश तुरत भिजवाओ
और बुलाओ जिनके हों कोई वाद और प्रतिवाद
चार दिवस से कर ना पाया किंचित्-राज का काज!

श्रावण मास की वर्षा
दिन भर वर्षा
केवल वर्षा!
फिर साँझ ढली
तब धूप खिली
मैना चहकी
डाली डाली
बुलबुल फुदकी
बहकी बहकी
जूही झूली
फूली फूली!

एक टोकना
भर सुवास
माधवी लता ने
उलट दिया!
धरती महकी
उपवन महका
वन, आश्रम
सब गमका
महका!

सीता अलसाई
खड़ी हुई
छँट गए बादल
भगवान भास्कर
झाँक उठे
तब स्वर्ण मुकुट
पहने आ कर

आँखें झपकीं
सीता देखें
मुस्काते स्वयं ही
रघुनायक?

आँखें झपकीं
देखा फिर से
रहे भुवन भास्कर झाँक!
आ स्वर्ण-रश्मि ने सहलाया
जैसे कोई आशीर्वाद आया
-होंगे वंशज महावीर-बाल

और सूर्यवंश-विस्तार।
फिर मीठा मीठा
उठा शूल
और अंक गिरे
दो कदम्ब फूल
उस निशा थे जन्मे
पुत्र युगल।

मार्जन करवाया कुश से जब
प्रमुदित थे महामना ऋषि अति
सीता के ज्येष्ठ पुत्र का
ऋषि ने नाम रखा
इसलिए ही कुश!
गौ-पुच्छ के बालों से
करवाया द्वितीय पुत्र का
मार्जन तब
'यह मार्जित लव से हुआ
इसलिए इसे पुकारेंगे हम लव!'
पलक में व्यथा बनी सीता

धीर-लक्ष्मण ने खींची लकीर
ढुलक ना जाना नयनों से
कि जग-रावण हर लेगा शील!
दीपक एक मात्र जलता है
राम कक्ष में प्रतिदिन ऐसे
अंधकार पलता है
नहीं उजागर हों मुख पर
जो भाव वेदना के आते
अंधकार में छिपे
वियोगी राम नित्य पाए जाते

अहोरात्र ना जाने कैसा
मंथन चलता रहता है
महावियोगी मन ही मन में
निज मन से कुछ कहता है

हे सीते! कैसे कट पाए वंकिम-राह भरा जीवन?
भोर न आती, साँझ न आती, अंधकार छाया निशदिन
कलरव-कूजन कहाँ गए, गया कहाँ सुखद कोमल जीवन?
सूना भवन्न और सूना मन, जीवन, जीवन कहाँ प्रिया बिन?
राजतिलक से पूर्व, जानकी से चिन्ता एक बार प्रकट की
—''सफल हो सकूँगा नवपथ पर, तुम क्या कहती हो, वैदेही?

इस प्राचीन प्रतिष्ठित कुल का मान बना रख पाऊँगा?
यह पद नव, दायित्व नए हैं, मन में महती होती चिन्ता
कहीं हाथ से छूट न जाए नौका की पतवार,
डूब न जाए कीर्ति और सुख, शांति, कहीं मँझधार?''
—''आर्यपुत्र! यह कैसा आया मन में दीन विचार?
लंका तक कर आए विजय, इस दुर्बलता का क्या आधार?
निःसन्देह प्रतिष्ठा कुल की आप बनाए रखेंगे
रघुकुल को नई और ऊँचाई औ' विस्तार भी देंगे
आप रहें निश्चिन्त, आत्मबल से भरपूर
रघुकुल की यशगाथा फैलेगी कितनी ही दूर!''

हा! ये अभिनंदन! जयकारें! राघव सहता है तलवारें
कोई क्या समझे, क्या सहता राम धैर्य संयम को धारे!
राजधर्म मरूथल की दुपहरी, मैं तपती चट्टान
दूर वनों में शीतल छाँहें, वहीं बसे हैं प्राण
पत्नी का अपमान हुआ, सुन कुपित हुए महादेव

पत्नी के बिछोह में कलपे, तड़प उठे थे देव!
दक्ष-यज्ञ को धूल मिला गए गण थे महाभयंकर
हाथों में तन लिए सती का, तांडव करते शंकर।
भाग्यवान् हिमगिरि-माला के वासी हे कैलासपति!
राजा हूँ, वर्जित है मुझको निज पीड़ा की अभिव्यक्ति!
जनता का सन्तोष ही होता राज्य का मूलाधार
जनता के इंगित से बनता और बिगड़ता भाग्य।
महत्वपूर्ण अति, मर्यादा का पालन करना राजा को
बने रहें आदर्श, राजपद की गरिमा कहीं भंग न हो।

यही नहीं, आचरण दिव्य हो, राजा को यह ध्यान रहे
परम देवता राजा दुर्बल, कभी नहीं यह प्रजा कहे।
इसीलिए पाषाण बना कर्त्तव्यपूर्ति सब करता हूँ
शनैः शनैः मैं अन्तर्दाह में सदा सुलगता रहता हूँ।
हाँ। पूछा पशु-पक्षी, तरु से, कहीं प्रिया को देखा तुमने?
हुआ बावरा भटका फिरता, सीता को जब खोजा वन में।
वह बात किंतु कुछ और ही थी
मैं मानव था एक वनवासी
राजमुकुट अब शीश धरा है
व्यथा-सिंधु से हृदय भरा है
स्वर्ण-मुकुट का भार बहुत है
जयकारों में धार बहुत है
भग्न हृदय में जनकनंदिनी
की पीड़ा का ज्वार बहुत है।

सीते! तेरी महावेदना के पर्वत तल दबा हुआ हूँ
जन-वत्सलता, ख्याति लिए मैं तेरे ऋण से दबा हुआ हूँ।
अवध नरेश हूँ अतः मैं दिन भर राजकार्य करता हूँ
शेष समय के हर पल क्षण बस सीते सीते रटता हूँ।

लक्ष्मण की पीड़ा का आगर सागर बनता जाता है
क्षोभ और आक्रोश, विवशता प्रतिदिन बढ़ता जाता है।
सदा सुलगता रहता अग्निपरीक्षाओं में क्यों प्रतिपल?
दोष कौन सा? कर क्या डाला, क्यों अभिशप्त हुआ रघुकुल?
    राजा का पथ कंटकमय है, राजनीति के जंगल घोर
    और सूक्ष्म है धर्म की गति अति, निर्णय लेना बड़ा कठोर।

वंकिम चालें कूटनीति की, राजनीति कज्जल-कारा
कुछ ही शासक होते जिन ने शुभ्र आचरण ही धारा।
    अग्निपरीक्षाओं में साथ, ही सीताराम उतरते आए
    और रूढ़ियों की ज्वाला में साथ ही दोनों जलतेआए।
किन्तु झुकेंगे राम नहीं, ना झुकेंगी रामप्रिया सीता
जनता के प्रति टूट न सकती रामवैदेही की निष्ठा।
    व्यर्थ हो गई मीमांसाएँ, व्यर्थ आज विश्लेषण सारे
    राजधर्म की बलिवेदी पर, रामजानकी स्वयं को हारे।

कितना चाहा दूर चला जाऊँ तज कर यह सब
रामजानकी का जीवन क्लेशपूर्ण सहना संभव?
    किन्तु छोड़ पाऊँ कैसे मैं श्री रघुनाथ अकेले?
    चारों ओर से दुःख पीड़ाएँ व्याकुलता उनको घेरे।
अग्रज भरत सदा के साधु, जपतप में हैं लीन
राघव के वनवास हेतु वे अब भी ग्लानि अधीन।
    रिपुसूदन है सबसे छोटा राम निकट नहीं जा पाता
    मैं ही हूँ वाचाल जो रो धो प्रभु को सदा मनाता।
जो कुछ हुआ, अनर्थ हुआ है
    अवध की प्रजा निराली
        बलिहारी है बलिहारी!
तब नहीं बोली, माँ कैकेयी ने दिया राम को जब वनवास!

वैदेही को भी जाते देखा था सब ने राघव के साथ
रोका था क्या? कहा प्रजा ने रुको हे जनकदुलारी?
अवध की प्रजा निराली
बलिहारी है बलिहारी!
है आदर्श कि राजा रानी जनता के सेवक होते हैं
जन हेतु अस्तित्व है उनका, जनसेवा रत रहते हैं।
अरे प्रजा! पर शत्रुभाव से भरी क्यों तेरी अभिलाषा है?
राजमहल में वीतराग बसता एक साधुराजा है!
माँग माँग, हे प्रजा माँग कुछ और माँग
सुख-चैन लिया, रघुकुल को माँग।

जन-इच्छा की बलिवेदी पर
रघुपति ने सब कुछ दे डाला
सब दे देने के बाद
भिखारी बना अयोध्या का राजा!!
रानी वन में बनी तापसी
लांछन से दुखियारी
मात्र, प्रजा के एक इंगित से
रंक हो गई राजकुमारी!!
बलिहारी है बलिहारी
अवध की प्रजा निराली!!

वैदेही का हरण हुआ, दिया हमने था संवाद
इस को तो संदेह बिना क्यों लिया प्रजा ने मान?
वैदेही रही रावण के घर, हम ने दिया संवाद
इस पर भी चुपचाप प्रजा ने किया तुरत विश्वास!
हुआ युद्ध, रावण हारा, दिया हम ने ही संवाद,
नागरिकों ने इस को भी किया बड़ी शीघ्र स्वीकार

वैदेही की अग्निपरीक्षा हुई, दिया हम ने संवाद
किंतु न इस पर ही कर पाई, जनता क्यों विश्वास?
अग्निपरीक्षा से निकलीं, दिया हम ने यह संवाद
इस पर क्यों नहीं किया अवध की जनता ने विश्वास?

हम पर था सन्देह, निरस्त कर देती हर संवाद
कर लेती स्वीकार सभी संवाद, यदि विश्वास!
संवाद, सूचना के सारे थे स्त्रोत वही हर बार
यह तर्क-असंगत, उच्छृंखल नहीं सहा जाए व्यवहार।

किंतु, प्रजा नहीं, और कोई है, मेरा मन यह कहता है
वेष प्रजा का, रूप छिपाए. कोई रह रह ठगता है।
है समाज यह, प्रजा के पीछे से जो तीर चलाता है
क्षुद्र वासना, घृणित विचारों से नहीं जो उठ पाता है।
स्वर्ण-हिरण की मृगछाला में. था मारीच कपट से आया
डाल आवरण जनता का, ढोंगी समाज की यह माया।
नारी से ही यह समाज नित नए प्रमाण माँगता है
किंतु दोष को स्वयं प्रमाणित नहीं कभी कर पाता है।

इसी धूर्त ने ठगा अरे भोले-भाले श्रीराम को!
इसी क्रूर ने ठगा मेरे अतिशय भावुक रघुनाथ को!

◆

सर्ग-४

दिन ढलते ही उड़ चलते हैं शुक दल कितने साँझ गगन
भरे दृगों से उन्हें गुहारे तमसा तट पर एक जोगन

''हे शुकदल! यदि जाओ अयोध्या, एक कृपा कर देना
सब परिजन-पुरजन से मेरी राम राम कह देना
हे शुकदल, प्रति साँझ जहाँ जाते हो लेने बसेरा
वहीं कहीं था सुखद सुहाना कभी नीड़ एक मेरा
आई आँधी, उठा बवंडर, तिनके तक न बचे
जाते तुम्हें देख उस दिशि को, हूक उठे मन में

आज पक्षिणी है यह घायल, गीत वहीं के गाती है
पंख कटे, एकाकी तड़पे किंचित उड़ नहीं पाती है
महलों में शुक और सारिका मेरे हैं कितने पाले
वे उदास, गुमसुम होंगे सीता-विछोह के मारे
ऊँचे स्वर में जा कर उनसे कहना राम राम
हर्षित स्वर में तुरत कहेंगे जय जय सीताराम!

है रहस्य इसका अति रोचक, तुम को मैं हूँ सुनाती
जिसे याद कर दुःख में भी है मुझे हँसी आ जाती
मैं कहती—शुक सारिके बोलो राम राम राम
पर रघुनाथ सिखाते उन को जय जय सीताराम!
जब कोई कुरज कभी कह उठता जयजय जयजय राम,
कहते अन्य समवेत स्वरों में जय जय सीताराम!
राजमहल के प्रांगण ऐसे सदा गुंजरित रहते थे
सीताराम औ' राम नाम का जप जैसे सब करते थे।

नगर गांव के घर घर में कहते शुक जयजय सीताराम
सीता थी तब एक राम से, आज विलग हो गई हा! राम!
राम राम की टेर को सुनकर चौंक पड़ेंगे कोसलनाथ
खोज श्रीचरण अर्पित करना उन को मेरा नमन प्रणाम

वहाँ नहीं होंगें रघुनाथ
जहाँ समागम लोगों का हो
जहाँ बज रही वीणा, मुरली, वहाँ नहीं होंगे श्रीराम
जहाँ नृत्य-नाटक, कोलाहल, वहाँ नहीं हो सकते नाथ
वत्स! दिखे स्थान जो नीरव, जहाँ निपट एकान्त
जहाँ शान्ति और मौन, वही है सूना राघव-धाम

वहाँ तपस्वी परम पुरुष, वही वैदेही के राम!
मेरे तो सर्वस्व वही रघुवीर जानकीनाथ
किंतु न केवल मेरे, वे तो अवधपुरी के नाथ
कह देना सीता की चिन्ता करें नहीं रघुनाथ
उनको तो जन जन की चिन्ताकरनी है दिन रात!

हे कुरज! वह वल्कल-झूला वृक्षों बीच बंधा जो है दिखता
उसमें अवध-राजपुत्र दो और अवध का भावी राजा
हैं अनभिज्ञ अवधपति, उन को यह संवाद भी दे देना
हे कुरज! कृपा करना इतनी,
श्रीराम से यह भी कह देना....
श्रीराम से यह भी कह देना!

सुख पा लेती हूँ क्षण दो क्षण
मुख को निहार सुत दोनों के
रघुनाथ की छवि प्रतिबिंबित है
नवजात सलोने छौनों में

विधि ने मुझसे छीना क्या क्या
है इसकी बड़ी विशद् गाथा
फिर भी आभारी ईश्वर की
जो युगल पुत्र थामे रहती।

मुझे मिले कितने-अवलम्बन!
ऋषि वाल्मीकि हैं पितृ तृल्य, मुनि-पत्नी मेरी माता सम
मुनि-कन्याएँ हैं सखी हुईं, औ' युगल पुत्र अनमोल रतन!
पर कौन सा था अपराध ऐसा, मेरे राम ने जो था अरे, किया?
विधि ने कठोर हो उन से क्यों, उनका सब कुछ यों छीन लिया?

वे दुःखी नहीं निज के दुःख से, वे पीड़ित मेरी चिंता से
है अंतरंग कोई उनका, जिसको निज व्यथा सुना दें वे?
माताएँ वृद्धा, भाई अनुज, पूरे कुटुम्ब के प्रमुख हैं वे
मन की पीड़ा बतला, दुर्बल किस के समक्ष हैं पड़ सकते?

उनके चरणों में मँडराता है सदा बावला मेरा मन
राम राम की रटन लगी है राम राम जपता पलछिन
प्रतिदिन ले जाना मन मेरा, प्रभु चरणों में, शुक, देना डाल
कहना उनसे मन दीन अति, एकाकी, दुःखी और बड़ा उदास
प्रेम से दो बातें कर लें, जी जाएगा, पा लेगा साँस
कल आओ चुगने दाना तो राम सन्देसा भी लाना
कल भोर तुम्हारे लिए रखूँगी मन चाहा मीठा दाना।

◆

सर्ग–5

थी भव्य अति और गरिमामय वह राजसभा रघुनाथ की
और दिव्य प्रभामय शोभा थी दशरथनन्दन श्रीराम की।
सब कार्य सुमंत्र किए जाते, आज्ञा जैसी देते थे राम
किंतु था केन्द्रित उनका, रघुनन्दन के मुख पर सारा ध्यान।
सिंह–कटि वाले रघुवीर, वृषभ–स्कंध तने उनके विशाल
अधरों पर थी मुस्कान, लोचनों में मृदु झीना हास।
परिहास–विनोदों पर लुटती चातुर्वर्णों से भरी सभा
लेकिन विनोद में देख रहे थे, मंत्री गहरी कहीं व्यथा।
गंभीर हो उठते करुणानिधि जब दीनदुखी को सुनते थे
दे कर आदेश तत्काल ही उसके कष्ट निवारण करते थे।

आयुध कितने, सेना कितनी?
हैं विपुल भरे भंडार सभी?
सीमाएँ राज्य की संरक्षित?
सुन अवधपति हो गए संतुष्ट।

कर सभा विसर्जित राम चले
सिंह–गति पर मुग्ध सुमंत्र हुए
सीधा था तन, स्कंध तने
गंभीर चाल हौले हौले
था प्रबल आत्मबल मूर्तिमान
वे नीति–धर्म अनुयायी महान
छाया की भाँति लगे पीछे
छिप कर सुमंत्र दबे पाँव चले।

पर पहुँचे जब रघुनाथ धाम
हो गए सुमंत्र हत्प्रभ अवाक्
हा! शाल-स्कंध हुए ढीले!
हा! द्वार पकड़ कर राम खड़े!
आजानु बाहुएँ झूल गईं!
मन को कोई स्मृति शूल गई?
बोझिल पग से निज मंदिर में
जैसे तैसे रघुपति पहुँचे
चुपचाप ओट में छिपे छिपे
महाभाग सुमंत्र थे देख रहे।

आभूषण, राज-चिन्ह उतरे
सब वस्त्र राजसी दूर धरे
फिर राजकिरीट उतार राम
हाथों में ले कर खड़े रहे
वह रत्न-खचित रघुकुल-किरीट!
अपलक निहारते खोए से
थे केश बिखर गए काँधों पर
यज्ञोपवीत ही आभूषण
से शोभित था रघुनाथ वक्ष
जैसे ही राजमुकुट रखा
हो उठे विकल राघव सहसा
फिर रुकी न प्राणों की पुकार
सीते सीते करते गुहार
खुलती जाती एक वस्त्र-पटी
गोलाई में जो थी लिपटी
थी दीर्घ बड़ी वह वस्त्रपटी
राघव ने बाती ऊँची की
निस्तेज था मुख फीका फीका
तन में सीता, मन में सीता।

रेशम की वस्त्रपटी खुलते
लेखनी उठा वे लिखने लगे
बस एक शब्द, बस एक नाम
'सीते सीते'' लिखते थे राम
उस पूर्ण दीर्घ रेशम पटिका पर
अंकित थे दो ही अक्षर।
रो पड़े सुमंत्र तब पकड़ चरण
—''प्रभु! क्षमा, मैं आया अनुमति बिन
हा! कैसा यह अन्याय किया है
अपने साथ मेरे प्रभु ने!
वैदेही पर विश्वास अमिट
कैसे वनवास दे दिया, फिर?
मुझे सत्य बताएँ आज प्रभो,
किस पीड़ा में डूबे हैं अहो!''
स्तब्ध रह गए राघव थे
पीड़ा का भेद खुला कैसे?
जो तथ्य छिपाए रहते थे
चेहरे पर रख परिहास भाव!
कैसे अनर्थ यह हो पाया?
अंतर के भाव छिपा न सका?
यह भूल हुई महती मुझे से
मंत्री की दृष्टि बड़ी पैनी
कुछ छिप न सकेगा अब उनसे!
-''मत पूछो मुझे से हे सुमंत्र!
इस विषय पर कैसा कोई प्रश्न।''
-''नहीं प्रभो! दें अभयदान
महारानी को वापस लाने का
बस मुझको दें दें वरदान
निर्दोष हुआ है दंडित प्रभु

कैसे हो गया महत् अन्याय!
मर्मज्ञ न्याय के आप स्वयं
हैं बने हुए अनभिज्ञ!
अन्याय स्वयं के साथ किया
वैदेही को अन्याय दिया!''

होते जाते व्याकुल सुमंत्र
उतने उतावले रघुनन्दन।
-''नहीं नहीं सुमंत्र! होगा अधर्म
नृप-कार्य है केवल जनरंजन
इस में बाधा से पाप बड़ा
इस में बाधा अन्याय महा।
दिन भर तो दत्तचित्त रह कर मैं राजकार्य करता रहता
यह थी अभिलाषा सीता की और यही मनोरथ था उसका
पर राजमुकुट को दूर हटा
मैं हो जाता केवल मानव
पावन निर्दोष जानकी को
मैंने दण्ड दिया विकट भीषण।
सीता के कष्टों से पीड़ित, मैं ग्लानि में डूबा रहता हूँ
नहीं राजकार्य पर आँच तनिक, मन व्रज बनाए रहता हूँ।
नहीं अन्य विकल्प रहा कोई, न ही राह, उपाय नहीं कोई
मैं क्या हूँ, कुछ क्यों करता हूँ, ज्ञाता है केवल वैदेही।''

-''पर नाथ! आप अपने सुख आकांक्षा का दमन जो करते हैं
उसे देख स्नेही, परिजन सब, अब सदा व्यथित ही रहते हैं।''

''महाभाग! यहाँ नहीं प्रश्न मेरी इच्छा, या आकांक्षा का
है प्रश्न नहीं माता, भ्राता या इष्टजनों की इच्छा का।
होगा बस वही, अयोध्या की जनता जैसा भी चाहेगी
जनइच्छा के सम्मान हेतु वनवास भोगती वैदेही।

उस स्थिति में तो परिवर्तन नहीं रंचमात्र भी दिखता है
अतएव जानकी को लाने का प्रश्न कहाँ से उठता है?
सीता के आने से फिर से लोकापवाद फूत्कार करेगा?
वे ही होंगे आक्षेप पुनः रघुकुल फिर से नहीं काँप उठेगा?
अब साहस नहीं रहा मुझ में लोकापवाद को सहने का
आघात से कठिन उबरना है, आघात बड़ा ही था गहरा
मेरी पीड़ा का मुझ तक सीमित रहना है अति आवश्यक
सुन जागेगा लोकापवाद, नहीं करें मेरी पीड़ा प्रचार।

यह पीड़ा मुझ तक रहने दें
मुझे विषपायी ही रहने दें
महाभाग! न चर्चा करें मेरी
महाभाग! न चर्चा करें कहीं।
हे सुमंत्र! है स्थिति जैसी, उसे यथावत रहने दें
हूँ स्वस्थ, राज्य की सेवा में मुझे सदा व्यस्त ही रहने दें।''

हो निराश सुमंत्र अंततः कातर मन से लौटे
हा! आजीवन दुःख-वियोग ही रघुनन्दन झेलेंगे!
राजकार्य के हेतु क्यों नहीं नैशिक सत्र चला करते?
तब नहीं रघुपति अहोरात्र यों पीड़ा-मंत्र जमा करते।

हे राम! न राजा कोई तुम सा
हे राघव, कभी नहीं होगा।
तुम अद्वितीय शासक हो महान
गुणधाम महा, करुणानिधान।
हे राम राम
हे राम राम
हे राम राम
हे राम राम!

हैं उदास कितने रघुनन्दन!
अवधपुरी के लिए बड़ा ही
घोर अशुभ यह लक्षण
गहन विषाद-सिंधु में डूबा
रहता माताओं का मन
हुआ अधीर अति माता का उर
राम बुलाए गए अन्तःपुर
कर प्रणाम, विहँसे किंचित् पर
सब के दृग में भर आया जल।

नहीं राघव हे! नहीं हे राम
नहीं तुम्हारी यह मुस्कान
इस के पीछे छिपा उदधि है
उमड़ घुमड़ता पीड़ा का
सदा ग्लानि में डूबा सहता
हा बिछोह यह सीता का!

अश्रु पोंछती कौशल्या बोली गंभीर धीर स्वर में
"पुत्र, विवाह नहीं सुख हेतु, वंश रघु का सदा बढ़े
कर लोकरुचि का पूर्ण मान
औ' करना सदा ही जनकल्याण

किंतु सोच परिवार का हित
परिजन तुझे निहारें, सुत!
रघुकुल का सर्वस्व तुझी पर
वर्तमान, भावी तक निर्भर।"
कैकेयी ने साहस कर के
कहा प्रेम से यों दशरथ-सुत से।
-"पुत्र! युवक तू, तरुण पुरुष है

तू नरेश इस धरती का।
संन्यासी जैसा यह जीवन
भला तुझे कहीं शोभा देता?
योग्य राजकन्याएँ कितनीं
कर विवाह फिर बसा गृहस्थी।''

चौंके, उठे नयन दो उत्पल
जिन में व्यथा अगाध समाई

सुकुमार मृणाल दो बाहु उठीं
और कंठ झूल गई वरमाला।
पल भर को स्वप्न झिलमिलाया
फिर सब कुछ धुँधला धुंधलाया!

—''कस्तूरी सुवास सी सीता
माँ! मेरे तनमन में छाई
वही संगिनी युगों युगों से
सदा साथ रहती आई
अल्पवयस में उसने कितने सहे कष्ट थे मेरे साथ
हँसती हुई चली थी वह भी मेरे साथ साथ वनवास!
मेरे कारण अपनाया वन
किए थे कंटकमहल चयन

आज पुनः वैदेही वन में
मेरे लिए कनक—प्रासाद!!
उपालंभ देते रहते हैं मुझ को भव्य भवन प्रसाद
प्रतिपल लगता कर कटाक्ष, करते हैं ये मेरा उपहास
राजा के पद के कठोर दायित्व की गरिमा साधी है
राजसिंहासन छोड़ न सकता, मुझ पर दायित्व भारी है

किंतु जानकी की पीड़ा देती रहती है दारुण ताप
गहरा शूल बेधता मन को, करता रहता पश्चात्ताप
जनता की इच्छा का तो मुझ को करना ही था सम्मान
पर मेरे जीवन में भोग, न सुख का अब किंचित स्थान
रहा न अधिकारी भोगों का
सेवक हूँ बस कर्त्तव्यों का
मेरे जीवन का उद्देश्य रहा केवल जनसेवा ही है
माता! क्षमा करो, मेरे मन सदा सदा वैदेही है।''
कर प्रणाम माताओं को, उठ चले व्यथित रघुनाथ
जीवन से निर्लिप्त और बोझिल पग धरते, शिथिल गात।
कौशल्या के क्रंदन से सहसा गूँज उठा, रघुकुल-आवास
कँपित हुए हृदय सभी के, सुन कर दारुण मातृ-विलाप।
वे पुकार कर, औ' गुहार कर सब से विनती करने लग गई
'' —अरे बचाओ राम को कोई, मेरे राम को दीठ लग गई।

दीठ लग गई, दीठ लग गई
मेरे राम को दीठ लग गई।
अरे बुलाओ वैद्य, चिकित्सक, ओझा तुरत बुलाओ
यह रघुकुल की भोर थी कैसी, होते ही तो साँझ ढल गई
मेरे राम को दीठ लग गई।
सारे भूपति, शूर वीर, कोई हिला न पाया धनु प्रचंड को
इसी राम ने क्षण भर में था भंग किया शंकर के धनु को
नहीं बचे मारीच, सुबाहु, खर, दूषण, त्रिशिरा को मारा
महाविकट राक्षसी ताड़का का भी इसने वध कर डाला
अरे, कहीं ना मेरे राम को शूर्पणखा की दीठ लग गई
मेरे राम को दीठ लग गई!

हा! इसी राम ने लंका जीती, इसी वीर ने रावण मारा
जीवन से क्यों अरुचि हो गई! आज हुआ क्या इसे विधाता?
इस त्रिलोक के पुरुषोत्तम को जाने किस की दीठ लग गई!
मेरे राम को दीठ लग गई!

सिंह चाल से चलने वाला, उसके पग हैं बोझिल आज!
और शाल-स्कंध झुके हुए, दुर्बल अति निढाल हैं आज!
आज बना यह सन्यासी है, जीवन से क्यों विरति हो गई?
मेरे राम को दीठ लग गई!

अरे बचाओ मेरे राम को बुरी दृष्टि वालों से लक्ष्मण!
सब को सुख जो देने वाला, उसे बचाओ, अरे भरत तुम
सदा ही दुःख को झेला जिसने, उसे बचाओ, रिपुसूदन!
सिंधु पार तक ख्याति फैल गई, इसीलिए तो दीठ लग गई!
मेरे राम को दीठ लग गई!

अहो सुमंत्र! खड़े मूर्तिवत! जा कर कैसे भी समझाओ
क्या नरेश कहीं जोगी होते? रघुकुल में नई रीति चल गई?
मेरे राम को दीठ लग गई
दीठ लग गई, दीठ लग गई
मेरे राम को दीठ लग गई!''

◆

सर्ग–6

आया विजयदशमी पर्व
उछल पड़े सुन कुश और लव
आज मनेगा आश्रम में
धर्म की जय का गौरव-पर्व।

भोले कुश ने था पूछ लिया
—"माँ, विजयादशमी होती क्या?
किस किस में था वह युद्ध हुआ?
किस की कितनी सेनाएँ थीं?
किसका सेनापति कौन हुआ?
विजयी था कौन, कौन हारा?
क्यों युद्ध हुआ? कारण क्या था?
माँ! आज सुनेंगे यह गाथा।"

दूर महर्षि ने सुन कर
था कुश को तुरत पुकारा
—"नहीं बता पाएगी माँ
हे वत्स, तुझे मैं समझाता।"
मोती की लड़ियाँ झरती रहीं
चौक पुरा ना वैदेही का
नयनों के मोती से ही सजा
फिर चौक वह विजयादशमी का!

हार गूँथते हाथ थम गए
फूल धरे के धरे रह गए
अश्रुमाल ही दीर्घ बहुत थी
दृगजल मोती बड़े पिरोए।

आया दीपमालिका पर्व
उत्साह भरे थे कुश और लव
कुंज कुंज में माला झूली
द्वार द्वार पर सजी रंगोली
दीवालों पर चित्र कढ़े थे
वीथि वीथि में दीप जले थे

''आज होती ऐसी क्यों सज्जा?
इस से भी कोई जुड़ा है राजा?
क्यों होता है दीपोत्सव?''
पूछ उठा नन्हा सा लव।

—''मत माता से पूछो लवकुश
इधर आओ दोनों, हे वत्स!
दीपोत्सव की भी महिमा
मैं भली भाँति समझाऊँगा।''
वाल्मीकि की चौकस दृष्टि
से अनर्थ नहीं हो पाता।

''है संगीत—निबद्ध रागमय
वत्सो, सुन्दर यह गाथा
एक पंक्ति मैं गाऊँगा
लय-ताल-बद्ध तुम दुहराना
सीमित चारुगान मत रखना
जग को भी हे युगल, सुनाना।''

इस प्रकार प्रारम्भ हुई
रामायण गाने की शिक्षा
रचते जाते थे आदिकवि
और रागबद्ध करते जाते
वीणा और मंजीर साथ
लवकुश मृदुस्वर उस को गाते।

सीता हर पल थीं राममयी
कण कण में दिखते राम और
हर ऋतु आती श्रीराम बनी।
पावस आता,
मन मृदुल फुहारें स्मृतियों की ले आता
इन्द्रधनुष को देख बावरी
आए राम धनुर्धर, समझी!
जब वज्र कड़कता तो लगता
शंकर का धनुष तोड़ते राम
तब भी ऐसा ही विकट हुआ था
एक कड़कता भीषण नाद।

मेघों के वन्दनवार सजे
मंडप में दूल्हा राम खड़े
छा जाती है मन प्राणों पर
शुभ सुखद स्वयंवर की बेला,
और हाथ स्वयं उठ जाते
उनके कंठ डालने वरमाला।
दृगजल के शत शत दीपों से
आरती उतारूँ मैं उनकी।
हर ऋतु आती
श्रीराम बनी।

क्या कहूँ शरद ऋतु प्राणप्रिय!
यह विजय पर्व या मुक्ति पर्व?
रावण का हुआ दर्प-मर्दन
लंका से मिली थी मुक्ति मुझे
यातना, विरह, आतंक गए
एक वर्ष बाद श्रीराम मिले।
श्रीराम मिले
श्रीराम मिले।

अहा! यह नील शरद आकाश!
कि जैसे खड़े स्वयं रघुनाथ!!
मुक्ता मणिरत्नों से शोभित
रघुनाथ करें मन को मोहित
शरद ज्योत्सना बाहु राम की
घेरे नेह भरी!
हर ऋतु आती
श्रीराम बनी!

हिम कठोर ऋतु शिशिर की आती
लंका-स्मृति पुनः डराती
गहन अँधेरा साँझ ढले
धरती पर उतरा आता है
थर थर, कँपित मन, प्राण, गात
रावण सा शीत कँपाता है।
ठिठुरन बढ़ती और शीत भयावह
होता जाता है
उतना ही हृदय वेग से मेरा
राम राम दुहराता है।
रावण होगा तेरा नाश,

नाथ मेरे आते ही हैं!
यह दुहरा, शीत के रावण को
हूँ भय दिखलाती
यों, एक असंभव, किन्तु नई
यह पुनः प्रतीक्षा मन जन्मी
हर ऋतु आती
श्रीराम बनी।

रघुनाथ के एकाकीपन को
पतझर की उदासी में पाती
झँझावातों से राम घिरे
किसलय प्रसून सब पात झरे
एकाकी वीतराग त्यागी
मन रामचरण का अनुरागी
सर् सर् में उन का ही सुमरिन
सरवर में छवि उनकी उभरी
हर ऋतु आती
श्रीराम बनी।

आता वसंत
झोली भर कर
लाता स्मृतियाँ पुलक भरीं
वनयात्रा जैसी फूलभरी!
वासंती-नेह भरे दिन थे
मधुमय बयार के झोंके से!
श्रीराम को पहनाने गूथूँ
माला एक सुभग सुवासित सी
भूली भूली
चुनने लगती सुन्दर कोमल मृदु फूल अभी
हर ऋतु आती
श्रीराम बनी।

ग्रीष्म कठोर ज्यों ले आता
खर, दूषण, त्रिशिरा की सेना।
दावानल की लपटें वन वन
हा! ताप गहन
झुलसे तन मन।
राघव के बाणों से
राक्षस-सेना जाती कटती छँटती
वैसे ही राम की स्मृति
सारा ग्रीष्म ताप हरती जाती
स्मृति छितवन की छाँव बनी
हर ऋतु आती
श्रीराम बनी।

सर्ग-7

महाराज अवधपति राघवेन्द्र
अब यज्ञ करेंगे अश्वमेध!
नगर नगर दुन्दुभि बजी, यों अश्वमेध की हुई घोषणा
गण्यमान्य, शासकों, नरेशों को भेजी गई पूर्व सूचना।
महाराज अवधपति राघवेन्द्र
अब यज्ञ करेंगे अश्वमेध।
किन्तु समस्या बड़ी प्रबल उठी जिस का नहीं निदान
यज्ञ तो होते नहीं पत्नी बिन, अब क्या करेंगे राम?
इष्ट और गुरुजन की चिन्ता दूर करी श्रीराम ने
स्वर्ण की सीता निर्मित करवा रख दी जाए वाम में!
चकित हुए सुन विद्वज्जन, नगर, ग्रामवासी
क्या इतिहास में हुआ है ऐसा? कैसी युक्ति निराली!
राम की निष्ठा वैदेही में देखी यों जो अविचल
गद्गद, मुग्ध, हुए न्यौछावर विह्वल जन जन उन पर
रामसिया की युगल-प्रीति को धारा अन्तर्मन में
रामसिया की जय जयकारें गूँज उठीं जनपद में।
किन्तु छा गया राम-हृदय पर घोर घोर अवसाद
भाँति भाँति के ऊहापोह थे मन में गहन विषाद।
शिला-अहल्या को चैतन्य किया मैं ने देकर जीवन
प्राण-वल्लभा को कर डालूँ मूर्ति, शिलावत् आज स्वयं?
कैसी है दारुण कल्पना! सीता प्राणहीन एक प्रतिमा?
अति कठोर, ऊष्मा विहीन, क्या मात्र एक मूर्ति है सीता?
निश्चल, जीवनगति से हीन, ठोस, एक बस स्वर्ण-शिला!
मृदुल, सौम्य, सुकुमार, ऊष्मा-युक्त उपस्थिति अरे कहाँ?
लाज, हास्य, परिहास, विनय, संकोच से रीती हा प्रतिमा!
किन्तु न साहस कर पाऊँगा मूर्ति के सम्मुख जाने का
गा न उठे कहीं आर्त कंठ से, रो रो अपनी दुःख गाथा!!

है कोई शिल्पी जो गढ़ दे सीता मेरे मन-मंदिर की?
सौम्य, चारुशीला मृगनयनी हो सकती क्या कंचन की?
वनगमन, हरण, आतंक और रावण के द्वारा उत्पीड़न
फिर अग्नि-परीक्षण, हे सीते! शुभ दिन आए तो यह लांछन!
मैं, स्वधर्म से भ्रष्ट एक पति, ताड़न, उपालंभ अधिकारी?
त्यागा नहीं जानकी को जब, तब भी निन्दा का भागी!
जन-सम्मान हेतु त्यागा, पर सदा रहूँगा अपराधी
जननिन्दा, निज, प्रिया की पीड़ा सहता रहता हतभागी।

जनपद, ग्रामों से उमड़े जन, आश्रम आश्रम से ऋषि-मुनि गण
पहुंचे जहाँ अश्वमेध का आया पावन सुखद प्रसंग।
निज विशाल शिष्यों का दल ले वाल्मीकि ऋषि भी पहुँचे
बसा सुगढ़ आश्रम कुटीर-मय लता-विटप और पत्रों से।
जनकनंदिनी निज मनोदशा व्यक्त नहीं कर पातीं
बाहर आने में सकुचातीं, भीतर रहने से घबराती।
डावाँडोल मनः स्थिति, चाहें, पर कुछ पूछ न पातीं
समाचार रघुकुल के पाने स्वयं को धीर बँधातीं।
होता यदि शुभकाल, सम्हाली होती स्वयं व्यवस्था
किन्तु तिरस्कृत औ' अस्पृश्य सी आज हुई हूँ हतभागा!

वाल्मीकि तापस-मंडल संग
यज्ञ नगर में आए
दो मुनिकुमार
गन्धर्व बाल?
किन्नर स्वर
रामकथा गाते।

पद्म सुलोचन
मुख तेजस्वी
काकपक्ष घुँघराले।
वीणा के तारों से झँकृत
गीत-सुधा बरसाते।

उमड़े जन जन
प्रजा बावरी
आजानु बाहु क्षत्रिय जैसी
राजोचित सुन्दर काया।
शीशजटा में
बद्ध पुष्प हैं
कंठ झूलती वनमाला।
क्या देवलोक से उतरे
दोनों इन्द्र कुमार?
आश्विनी कुमार?
ये मुनि कुमार?

झन् झन् झँकृत
वीणा आकुल
रहस्य कोई
खुलने व्याकुल!
मधुमय स्वर
गाते गाथा,
नहीं स्वयं
रहस्य के ज्ञाता1
लय, ताल, छन्द और भावों की
ज्यों मनहर वन्दनवार बनी
मंजीर, मृदंग, बजी वीणा
करताल, कंठ मधुरिम भीगा
वह प्रथम काव्य था वसुधा का
घटनाओं की थी प्रथम कथा!
सुन चकित हुए जन जनपद के
ऋषिमुनि राजन्य भी अचरज में
ऐसा नहीं गायन कभी सुना,

लय, राग, ताल, से दिव्य
हुई थी भाव भरी वह रामकथा।
चित्र-खिचित से दृश्य बदलते
लगता जैसे सत्य घट रहे।
निरूपित रामराज्य महिमा
आदर्श सुचारु प्रेम गंगा
जनता की रुचि, अभिमत के प्रति
अद्वितीय, समर्पित श्री रघुपति
निष्पाप विदेहनन्दिनी को,
अतिप्रिय अपनी महारानी को
जनइच्छा हेतु दिया त्याग
दे दिया जानकी को वनवास!

निष्पाप विदेहनन्दिनी को
जनइच्छा हेतु दिया त्याग
दे दिया जानकी को वनवास
दे दिया जानकी को वनवास
दे दिया जानकी को वनवास....

स्वर ऊँचा उठता गया
विदीर्ण करता रघुनाथ हृदय
वेदना हुई, असह्य अब तो
वेदना हुई असह्य!
फिर निकट बुलाया दोनों को
आशीष अनेकों दिए उनको
दिया स्वर्ण-रत्न का दान अपार
नहीं किया बालकों ने स्वीकार
वनवासी के लिए मूल्य नहीं
इन धातु, प्रस्तरों का कुछ भी।

रह गए निहारते वे अपलक
लवकुश के भोले भोले मुख
मन-गात हिलोरें राशि राशि
और रोम रोम आल्हाद पुलक
ठग लिए किशोरों ने रघुपति
लुट गए राम थे लवकुश पर!

थी धूप सुवासित, आम्र पल्लवों से जो बनी यज्ञशाला
और मध्य में बनी हुई थी अति पावन एक यज्ञवेदिका
आए तब रघुनाथ, विराजे कुश-आसन पर मुदित वदन
'महारानी को लाया जाए', निर्देश दिया कुलगुरू ने तब
लक्ष्मण और भरत उठा लाए सीता की नवनिर्मित मूर्ति
महाराज के वाम कुशासन पर ला रखी एक स्वर्णमूर्ति!

काँपा अन्तर
उर आन्दोलित
आच्छादित स्वेद-बिन्दुओं से
हुआ नील वर्ण का गात
वाम पार्श्व में
सीता आई
कितने वर्षों
वर्षों बाद!
देख सके न मुड़कर
गंभीर हुआ मुख सुन्दर
और तभी थे गूँज उठे
धरती-आकाश एक करते
ऋषिमुनि, विप्रों के कँठों से
कितने स्वर ऊँचे, मंत्रों के।

फफक पड़ीं वैदही सुन
रखी जाती वाम पार्श्व में
स्वर्णमयी सीता प्रतिदिन!!

गद्‌गद हुआ हृदय
हर्ष का पारावार सधे न सधे
इतना मत मान करो मेरा
इतना मत मान करो हे राम!
जिस को समाज ने ठुकराया,
उसे महिमा-मंडित कर
पृथ्वी पर बढ़ा दिया सम्मान!
महाप्रतिष्ठित किया मुझे
व्यापक समाज में
दे सर्वोच्च मुझे स्थान!
सिद्ध कर दिया मुझ पर है
ध्रुव अटल महा विश्वास!!
तुम सदा महान हे रघुनायक
पहुँचे महानतम् ऊँचाई
अति ऊँचाई पाने वाला
होता नितान्त ही एकाकी
नहीं किया विवाह ही दोबारा
एकपत्नी-व्रत प्रभु ने धारा
मत मान करो इतना रघुवर
इतना मत मान करो मेरा!

गद्‌गद हृदय
कंठ अवरुद्ध
बन्द कपाटों में
लवकुश की ले करतालें
हुईं बावली जनकदुलारी
झूम उठीं मिथलेश कुमारी।

इस ऊँचाई पर जो पहुँचा
है कौन वह त्यागी महाप्राण?
नहीं और कोई
बस एक वही
बस, वैदेही के राम!
श्री राम राम
श्री राम राम
श्री राम राम
श्रीराम!

मैं थी संकट की सदा मूल
सारे अपराध ही गए भूल?
मैं अहो भाग्य, मैं धन्य भाग्य
जय राम राम, श्रीराम राम!
हो ना पाई द्वादश वर्षों में
प्रेम-ग्रंथि किंचित् ढीली
हुआ नेह का तैल प्रगाढ़
प्रेम की बाती
बढ़कर तेज हुई!

जो लोकनाथ सब का स्वामी
अहो बंधा! मेरे ही बंधन में!
अहो धन्य धन्य हूँ मैं
अहो! धन्य धन्य हूँ मैं
वे नाच उठीं हो कर विभोर
धरती माता से लिपट, लोट
आँसू प्लावन अत्यन्त घोर।

सर्ग-8

वाल्मीकि कर रहे थे मंथन
यह कैसी विधि विडम्बना है
राम जानकी मन-प्राणों से
सदा परस्पर रहे समर्पित
किन्तु विरह का अंत न दिखता
लवकुश का भविष्य नहीं दिखता

कुछ कर न सका
वध-क्रौंच हुआ
रह गया खड़ा निरुपाय
देखता रहा मौन असहाय
इस युगल क्रौंच के
मिलन हेतु
सारे कर डालूँगा
उपाय!

यह ऐसा हुआ कि
श्येन प्रबल ने
झपटा शांत कपोत!
पतिधर्म विवश
बलिदान हुआ
हुआ विजयी संप्रभु राजधर्म!
है व्यक्ति बिन्दु
औ' राज्य सिंधु
नहीं बिंदु की है पहचान कोई
होता विलीन वह सिंधु में ही।

भवसागर में उठा चक्रवात्
दो धर्ममहा टकराए हैं
एक राजधर्म का राजपोत
जो है विराट और शक्तिवान्
और एक स्वधर्म की लघु तरणी
पतिधर्म की नौका शांत सौम्य!
टकराने से आया संकट
हुए छिन्न भिन्न नौका के अंग
हुई भग्न स्वधर्म की नौका
सब अंग बह गए यहाँ वहाँ!

अवशेष रहा जो नौका का
आरूढ़ उसी पर राजपोत!
वह राजधर्म का राजपोत
जो अतिप्रचंड है शक्तिवान्!
नौका स्वधर्म की दबी पड़ी
वहीं नींव तले पदतल में कहीं।

हे राम! न तुम सा नृपति कोई
होगा वसुधा पर कभी कहीं
जीवन हुआ महायज्ञ जैसा
राजा के आदर्शों के हित
सुखों की निज
डाली समिधा
सर्वस्व होम कर डाला
स्वाहा! स्वाहा!
स्वाहा! स्वाहा!

हे राम! तुम्हारी सन्निधि से
हुई राजनीति भी धन्य धन्य
और नतमस्तक है राजधर्म
इनको किया तुमने है कृतार्थ
तुमको शत शत हैं साधुवाद!
तुम ने शासक-कर्तव्यों को
पहुँचाया श्रेष्ठ ऊँचाई पर
हे राम!
तुम्हारा नाम
रहेगा सदा अमर
अहो, सदा अमर!

पर वैदेही निष्पाप।
हो उसके दुःखों का
प्रतिकार!
वेदना जानकी की समझा
वेदना तुम्हारी जान सका
प्रभु ने यही मर्म समझने को
कवि-हृदय दिया
शायद मुझको!

कवि हूँ
मैं मर्म समझता हूँ
वेदना नहीं सह पाता हूँ
वैदेही की कातर करुणा
मुझे भिगो भिगो रख देती है
मानवी नहीं,
वह देवी है!
हे राम! समर्पित तुम्हें सदा

अनुपम नारी वैदेही है।
स्वीकार करो निर्मल पत्नी
पीड़ा सहते ही जाओगे
कब तक हे राम?
अहो कितनी?

सन्देश मिला रघुनन्दन को
ऋषि वाल्मीकि ने भेजा जो
सीता अति पावन, नहीं कलुष
आश्रय में मेरे रही
पूर्ण ये द्वादश वर्ष
स्वीकार करो उस देवी को
प्रतिकार करो
कष्टों का अब!

सीता भी उपस्थित यज्ञ में है?
रघुनाथ मौन बैठे रह गए।
लक्ष्मण ने मौन दीर्घ तोड़ा
'तात! निष्कलुष जनकसुता!
कितने थे साक्षी लंका में
जब निकलीं अग्निपरीक्षा से
ज्यों मूर्तिमंत हो पावनता
निर्दोष सदा ही माँ सीता।'

मुँह फेर दूसरी ओर बोले रघुनाथ
'क्यों मुझ से ही कहते हो बार बार?
मत कहो, अरे लक्ष्मण मुझ से
कहते हो क्यों नहीं जनता से?
यदि समझा सकते हो जन को

तो जाओ, जन को समझाओ
मेरे जीवन की डोर प्रजा के है हाथों,
करना है जनइच्छा का मान
यह भलीभाँति तुम जानते हो'।

लक्ष्मण ने ली एक दीर्घश्वास
'ऋषिवर के वचनों पर भी क्या
नहीं करेंगे जन विश्वास?'

'मत स्वप्न दिखाओ, हे लक्ष्मण!
मत भ्रम पालो, सौमित्र अनुज!
अनुभव तुम को भी है पर्याप्त
है विकट बड़ा जीवन-यथार्थ!
व्यवहार प्रजा का सदा अनिश्चित
ना स्थिति ही बदली किंचित्
यदि अब भी प्रजा न कर पाई
मेरी प्राणवल्लभा का सम्मान
होगा बड़ा अनर्थ हे लक्ष्मण
हृदय रहा है काँप!
मैं अभ्यस्त हूँ विषघूँटों का
जनकनन्दिनी सह न सकेंगी
बार बार अपमान।
रावण यदि बुरी दृष्टि से
सीता को छू लेता
तत्काल उसी क्षण वह लम्पट
भस्म हो गया होता!
देखा! तेजमयी एकाकी सीता
का भी प्रबल प्रताप!

लंकेश्वर उद्दंड भी, नहीं
लगा सका सीता को हाथ!
यदि दुर्भाग्य से ऐसा होता
जीवित ना पाते हम सीता
स्वयं ओज की खींची होगी
चहुँदिशि रक्षण-रेखा
लंकेश्वर भयभीत रहा
यों रही सुरक्षित सीता।
फिर भी यदि नहीं करें
ऋषि के कथन पर जन विश्वास
वृथा है जीवन हेतु संजोना
पुनर्मिलन की आस।

यह अपमान सहा नहीं जाता
यह लांछन है विकट कठोर
सोचा था घाव पुराना
भरकर सूख चुका होगा
किन्तु ऊपरी परत ही सूखी
भीतर सद्य घाव रह रह कर
रिस रिस टीस दे रहा
नहीं औषधि, नहीं कोई चिकित्सा!''

जनता की इच्छा का तो
करना ही था सम्मान
किन्तु जानकी महाप्रतिष्ठित
मन में, नहीं रिक्त स्थान!
सीता के बिन जीवन मेरा
कितना रीता रीता!
सिहरन होती, देख न पाता

स्वर्णमयी सीता!
कुछ घड़ियों के लिए सही
लगा कि नहीं मैं एकाकी
नींद नहीं नयनों में जब से
स्वर्णमूर्ति है वाम धरी।
सीता सम्मुख आएगी क्या
वर्षों बाद स्वाभिमानी?

तिक्त कंठ से बोले लक्ष्मण भर शब्दों में व्यंग्य
'तात! इष्ट, आराध्यदेव सब के होते हैं सदय
अनुकंपा बरसाते, देते हैं इच्छित वरदान
किंतु आप का इष्टदेव, यह जनता बड़ी कराल
लेती जाती छीन छीन सब, देती कष्ट अपार!'

''शांत रहो, सौमित्र, मत कहो,
ऐसी अनुचित बात
राजा, शासक मात्र हैं सेवक
स्वामी पर यों वाक्प्रहार!!
अनुचर हो, लक्ष्मण, मत भूलो
मर्यादा का मान!
'' —किन्तु तात!
ऋषि के सन्देश का करना है सम्मान!''

–'कह दो,
जनकनन्दिनी जन को स्वयं करें संतुष्ट
राम बँधा है जनमत से
है विवश और असमर्थ!'

मुनि आए सीता–कुटीर में
नेह से समझाया

—'वत्से! पर्व यज्ञ का
बड़े भाग्य से आया
तुम सुखी रहो पतिगृह जा कर
पुत्रों को मिलें श्रेष्ठ पालक
तुम्हें सुनकर कष्ट तो होगा
पर, पुत्रों के हित, वत्से
व्यवहार-कुशल होना :

प्रजा बावरी का नहीं कोई
कर सकता विश्वास
कभी इधर, कभी उधर डोलता
उसका नैन-विलास।

अतः मेरे कहने से पुत्री,
रूढ़िवाद से ग्रस्त है जो
विश्वास में लो
उस जन समाज को

भ्रांति मिटा, भ्रम जाल को तोड़ो
सिद्ध करो निज पावनता
छूटे निज कलंक तुम से
मिट जाए कलुष अब राघव का।

हैं अधीर रघुनाथ
तुम्हारा स्वागत करने
पर नरेश हैं,
बंधे हुए जन-आज्ञा से
स्वयं मुक्त हो,
उन्हें मुक्ति दो लांछन से, वत्से!

◆

सर्ग–9

वल्कल में दीपशिखा उभरी
अति शांत सौम्य आलोकमयी
केसर–काया कुम्हलाई सी
केसर–सुगंध ना दब पाई
क्या यही हैं साध्वी वैदेही?

विस्मृत विद्या सी क्षीण हुईं
कोमल रसाल–मंजरि सूखी
घुँघराली अलकावली रुखी
हैं ये महारानी वैदेही?

नतिशर मृदु मृगशावक–नयनी
सुकुमार चरण ऐसे रखतीं
पृथ्वी को चोट लगे न कहीं
ये रामवल्लभा वैदेही?

इस ओर तृषित धरती आकुल
उस ओर श्याम–घन वर्षातुर!
और बीच—
प्रजा के हाथ कड़कड़ा,
घोष गुँजाता वज्र कठोर!
यह राजदंड है!
राजदंड जिस पर गिर जाएगा

निर्दोष हो चाहे वह कितना
कभी चैन शांति न पाएगा
संप्रभु जनता का मत प्रचंड
यह राजदंड!
यह राजदंड!

अधखुले नयन से छवि देखी
वर्षों जिस की अर्चना करी
हा, कहाँ नील नवजलधर गात?
काल के क्रूर थपेड़ों का
हुआ बड़ा प्रबल आघात!
दुःख स्वयं आज रघुवीर बना
क्या सिंहासन पर जा बैठा?

उमड़ा अंतर
काँपा था तन
मंजुल काया
हुई थर थर थर
वह स्वर्णमूर्ति! वह स्वर्णमूर्ति!
मम मूर्ति को ही तुम वाम रखे
करते रहे अनुष्ठान पूरे!
एकपत्नी-व्रत धारी
कोई और नहीं,
कोई और नहीं
वे अवधपति सुखधाम
हाँ, वे ही वैदेही के राम!
श्री राम राम
श्री राम राम।

कर्तव्य हेतु जीवन उन का
कर्तव्य ही सुख, कर्तव्य पुत्र
कर्तव्य ही है परिवार
और कर्तव्य ही है विश्राम!
श्री राम राम।
श्री राम राम!!

सब साँस रोक कर देख रहे
महा मौन विकट छाया था
धीरे से उठी
पीयूष सुधा
वाणी माधुर्य भरी कोमल
बढ़ चला सभी का कौतूहल
''श्री राम सदा मेरे तन मन
मेरे रोम रोम रघुनाथ बसे
मेरे पोर पोर रघुनंदन हैं
तन मन जीवन उन पर वारा
श्रीचरणों में सब कुछ हारा
यदि सत्य है यह, जो मैं कहती
मुझे शरण दो माता हे पृथ्वी!

आतंक विकट, भय, राक्षसगण
नहीं डिगा सके मेरी आस्था
मेरी उपासना राम राम
मेरी व्रत पूजा राम राम
जिस ने कर डाला
राजतंत्र को लोकतंत्र में परिणित
वह राजा केवल अवधनाथ!
आदर्श महा शासक महान्
वे केवल

वैदेही के राम!!
यदि आस्था और विश्वास सही
तो शरण दो माता हे पृथ्वी
तो शरण दो माता पृथ्वी!
तो शरण दो माता पृथ्वी!
जय राम राम
श्री राम राम
श्रीराम राम
श्रीराम राम!

एक नाद हुआ
पृथ्वी डोली
जन-मन सिहरे
उर गए काँप
कुछ धूल उड़ी
कुछ फूल झरे
धरती दरकी
सिय समा गई!!

कुछ नेत्र मुँदे
कुछ अश्रु झरे
कुछ घुटी घुटी सी थीं आहें
कुछ दबी दबी सी निःश्वासें!

रह गई
कपूर चन्दन सुवास
हत्प्रभ नतशिर
सारा समाज!
सीता तो भूमि समाई थीं
गड़ गया भूमि
लज्जित समाज!

स्तब्ध अचल रघुवीर राम
अंतिम आशा पर भी विराम!!

सहसा चौंके रघुनाथ
ये कौन जो
सीता की करें जय जयकार?
नहीं किसी को यह अधिकार!

यह समाज
जिस ने सीता को
दिया शोक संताप!
सीता की पावनता पर
किया व्यर्थ, अनर्गल
घृणित प्रलाप!
आज उच्च स्वर
करता है वह
वैदेही की जयजयकार!

यह प्रपंच है, मिथ्या है
यह झूठा मायाजाल!
निंदा से वध किया
इसी ने भेजा आज
रसातल
यह प्रपंच है, मिथ्या है
यह झूठा मायाजाल!

क्रोध प्रकंपित खड़े हो गए
सहसा श्री रघुनाथ
नेत्रलाल और थर थर कंपित
हुआ था श्यामल गात

गरज उठे–
''लाओ मेरे आयुध
तीक्ष्ण लाओ सब धनुष बाण
कर दूँगा धरती को विदीर्ण
रह सके न निष्ठुर यह समाज
पर्वत शिखरों को ध्वस्त नहीं
उच्छेद पर्वतों का होगा
सर–सरिता सूख जाएंगे सब
वन वनस्पति को भस्मसात कर
जलधि में आग लगा दूँगा
लाओ मेरे आयुध लक्ष्मण
हे लक्ष्मण, लाओ धनुष बाण
इस धृष्ट धरा का मर्म भेद
मैं वैदेही को लाऊँगा!
आज धरा ना बच सकती
मैं ऐसे बाण चलाऊँगा।''
'प्रभु नहीं! नहीं हे तात
हा! नहीं मेरे श्री रघुनाथ!
दौड़ पड़े लक्ष्मण व्याकुल
लिया उन्हें हाथों से थाम
क्रोध क्षोभ नहीं शोभा देता
आप को हे रघुनाथ!'

दौड़े भरत चरण से लिपटे
'प्रभु! न करें ऐसा अधर्म
यज्ञ–भूमि है! आप की पोषित–पालित
पावन धरती
इसे नष्ट ना करें तात!
यह रघुकुल की है थाती!'

लवकुश के गूँजे
आर्तनाद
अनुजों का प्रबल
महा भुजपाश!
बढ़े वाल्मीकि—'अहो राम
अहो धैर्य धरो हे राम!
अहो धैर्य धरो हे राम!

इस धरती के
तुम अधिपति हो
राजा पोषित करता धरती
धरती पोषित राजा करती
यह वैदेही की है जननी!

हे राघवेन्द्र! रघुनाथ!
हाँ हुआ बड़ा तुम्हें संताप
किंतु न छोड़ो धैर्य का साथ।
जनकनंदिनी लाई थी
सौंपने तुम्हें मंगल थाती
हे राम। सम्हालों पुत्रों को
दो नेह प्रेम कल्याण करो।
तुम से अधिक कौन जानता
काल बड़ा बलवान!
मत भूलो क्षण भर को भी
हे वैदेही के राम!''

स्तब्ध रह गए रघुनन्दन!
पहले रावण ने किया हरण
फिर प्रजा अपहरण कर ले गई
अब धरती मेरी शत्रु हुई
वही लील गई, हा वैदेही!

अब ताप और अनुताप
पाप का केवल पश्चात्ताप!
नहीं हास, प्रिया का साथ
न मंजुल प्रीति की कोई आस!

सुकुमार मृणाल दो बाहु उठीं
और कंठ झूल गई वरमाला1
पल भर को स्वप्न झिलमिलाया
फिर सब कुछ धुंधला धुंधलाया!

पलकों के बन्धन शिथिल हुए
नयनों की टूट गई कारा
फिर कमल नयन से मुक्त हुई
अविरल अविरल
पीड़ा धारा....

जीवन बीता ऋण चुका चुका
रघुवंश, पितृ, कभी मात-पिता
ऋषि मुनि संतों को अभय किया
फिर प्रजा को अर्पित कर डाला
जो कुछ भी मेरा शेष रहा

अब जीवन धारे नहीं धरे
वेदना-सिंधु में ज्वार चढ़े
नहीं रही शक्ति सहने की शेष
केवल सरयू के ऋण ही शेष

मन में कोई कहता
चलें धाम!
अब बहुत हुआ
अब चलें राम!
चलें वहाँ
जहाँ बहती सरयू!

जीवन का ताप हरे सरयू
और मोक्षदायिनी है सरयू
अंतिम निदान
सरयू सरयू!!

अब चलें
जहाँ बहती सरयू
सरयू सरयू
सरयू सरयू!
सरयू सरयू
सरयू सरयू!!